U0013218

The Horror

The Horror Festival

鍾靈作品

私の，限りなく残酷でいて，怖い手帖——

死者的學園祭
The
Horror
Festival

主要登場人物

森崎　博之

私立羽衣大學文學學術院文學部講師，專攻東方哲學。從小就身懷某種特殊能力，這種不受歡迎的能力使他保持低調，總是神秘萬分，宛若獨行俠。受到許多女學生（以及部份男學生）傾慕，在校園內人氣滿點，已與前妻協議離婚。

柴田　純

私立羽衣大學文學學術院文學部文學科學生，和森崎同樣擁有某種能力，不同的是，柴田的能力直到高中才出現，無法接受此一事實的柴田曾經步入黑暗人生中，好不容易恢復了正常生活。總是被同學們視爲怪胎。

梶谷　芳雄

私立羽衣大學理工學術院基幹理工學部數學科主任，與森崎是大學同學，也是少數森崎的友人，愛管閒事，有點囉嗦，怎麼看都不像多次獲獎的一流數學家，反而像中年怪叔叔。

小松　由里子

森崎前妻。TBS晨間新聞的主播，父親是自民黨的重要人物，出身政治世家，才貌雙全，氣質高尚。雖然已和森崎分手，但始終處於低潮。

小松　榮太郎

自民黨核心人物之一。在政經方面都擁有堅強實力，和商業界關係良好，更和已故的宮木財閥爲好友。近來爲了離婚而鬱鬱寡歡的女兒由里子而煩心。

宮木　正和

梶谷和森崎的學長，三人在學生時代就已認識。舊姓秋山，入贅至宮木財閥家後改姓。因事件而與初戀情人九条相逢。

宮木　銀之介

已故。宮木財團創始人，羽衣大學創校人，第一任夫人為朱鷺(舊姓田倉)，第二任夫人為堇（舊姓木間）。與小松榮太郎為至交，兩人關係十分密切。育有二女夏枝、亞希子，長女夏枝的丈夫即為宮木正和。

霧島　研一郎

著名法醫，是森崎、九条的同學兼友人。雖然擁有吸引人的外表，但個性卻像刺蝟般討人厭。有如冰山般的存在，對某些人來說卻充滿致命魅力。

九条　綾乃

目前擔任警部，但因開槍意外射傷無辜民眾而被停職。即使如此，停職期間仍時常進行私下調查，是位頭腦冷靜，有些刁鑽的性格刑警。

神宮寺祐吉

女學生神宮寺雅子的弟弟。認為自己的姊姊早已被殺害，而警方無能，辦事不力，致使雅子之屍骨未曾尋獲。

籠子，籠子，籠子裡的鳥兒，
何時才會飛出來？
黎明之前，白鶴和烏龜滑倒了，
在你背後的是——誰？

楔子・朱鷺館

平成元年・一九八九年

神宮寺雅子的書桌上總是堆滿東西。

教科書、筆記、文具、化妝鏡、粉盒、指甲刀、小鬧鐘、髮夾……任何一般女大學生擁有的物品，都可以在她那張小而凌亂的書桌上找到。灰白色的鐵製書桌上鋪著一塊玻璃，底下壓著各式各樣的偶像剪報，譬如剛解散不久的傑尼斯澀柿子隊、當紅的女歌手南野陽子、工藤靜香和被視爲天后的中森明菜。

「眞是討厭……放到哪裡去了呢？」

雅子那張清秀的臉，透出了不耐煩的表情，雙手不停地在書和雜物中翻找著。她的目標是張小小的紙片，從筆記本撕下的一角，上面記錄著這次學園祭主辦人的連絡方式。

今年的學園祭，文學部決定租借校內的別館來改裝成驚奇鬼屋，而雅子正是計劃負責人。

別館只是師生們之間的通稱，其實在創校人宮木銀之介將其捐給學校之前，別館有個正式的名字：朱鷺館。別館在昭和二十五年左右落成，是棟氣派的洋樓，是地上兩層、地下一層的建築。

據聞原來別館是宮木銀之介在東京都時的住所，但是在第一任夫人過世後，由於觸景傷情的緣故，便將別館捐給了學校。說也剛好，別館和校區原本就蓋在同塊土地上，只需要拆除部份圍牆，就可以馬上當作校舍使用。只是，目前學校閒置的建築物還太多，根本不需要使用到別館，因此別館至今仍尚未正式啓用，反倒是學校還得花人力定期維修、管理、修剪庭院樹木什麼的。

而雅子所住的宿舍房間，向外看去正好可以清楚看到別館那氣派豪華的正面。正因如此，她才在百般無聊的學園祭籌備會議中無意提起了那棟別館，大家在閒聊中，繼而催生了設計驚奇鬼屋這個念頭。

反正，空著也是空著，校方倒是很爽快地把大門和一樓鑰匙交付給學生會幹部，只叮嚀了一句，不要使用或開啓地下室，那裡還有宮木先生存放的物品。

今天傍晚稍早，雅子和同學們一起打開了別館大門，大家一面計劃著，一面在別館裡東看看西看看。別館太大了，鬼屋只需要一樓的兩、三間房就夠，雅子一面在筆記本上畫著平面配置圖，一面記錄下來需要找人假扮哪些鬼怪——德古拉、科學怪人法蘭基斯坦、蛇髮女妖梅杜莎、木乃伊、半魚人拉貢、無頭騎士……。

——還是找不到寫有主辦人連絡方式的紙片——說不定是掉在別館裡了。雅子並沒多想，抓起放在筆筒前方的別館鑰匙，重新穿起外套，打算回別館去一趟。她一面暗罵自己不小心，一面盤算著去完別館之後的行程。

□

入夜之後的別館看起來帶著些許陰森的氛圍，這讓自詡大膽的雅子更加看好自己的企劃。在這麼棒的地方辦鬼屋，太好了，一定能獲得空前的成功。雅子一面想著，一面再度推開別館那厚重的大門。

別館的一樓燈火通明。

其實，並沒有開著這麼多燈的必要。

不知道校方是不是真的太有錢了，在這棟沒人理會的屋子裡亮著這麼多燈，這些年下來還真是浪費。雅子在寬敞的走道上徘徊，考慮應該從哪裡開始找。

這時，寂靜的別館裡，不知從何傳出了一陣微弱不清的呼吸聲。雅子著實被嚇了一跳，她快速轉身、張望著，但空蕩的大廳和一眼就能望盡的走廊裡沒有別人。她呼出一口氣，輕拍胸口，說不定是聽錯，而且，想也知道這裡八成住滿了老鼠吧！這樣安慰自己之後，雅子便放寬心，冷靜了不少。

由於並未商借二樓，因此雅子手上的鑰匙，只能開啓一樓所有的門，即使上了二樓，也沒有鑰匙可以進入房間。不同於傍晚和同學只是草草勘察的情況，此時雅子一個人悠哉得很，慢慢地開始巡視。

由於原本是一般建築物，因此在一樓配有西式的大型系統廚房。至於其他房間，現在都被加裝了黑板，當作教室使用。

「嗯？這是……」

雅子玩弄著手上發出叮噹聲響的大串鑰匙，她注意到一把古銅色、樣式十分可愛、就像童話裡能開啓寶盒的長柄鑰匙。這把鑰匙並沒有像其他銀灰色、現代款式的鑰匙那樣被貼上小小的標籤，例如「廁所」之類的。而且它也並不是大門的鑰匙。

這時，雅子忽然想到，從校方那裡借來鑰匙時，負責管理的先生有說過，不可以到地下室去，那裡還放著宮木先生的雜物。這麼看來，這把鑰匙一定是對應地下室的門。雅子如此想著。

但，另一個疑問卻立刻浮現——

可是，通往地下室的門又在哪裡呢？

雅子她站在走廊上，目光從最左側的房間逐一看向自己剛走出來、做爲教室使用的房間。沒錯，她是那麼仔細地觀察過一樓，她可以確定，一樓並沒有通往地下室的門。而位於大廳的階梯更是如此，並沒有往下的部份，而是從房子的正中央往上延伸至二樓。

終於，雅子開始有了些微害怕的感覺。

她決定不去理會什麼地下室的問題，反正要找的東西沒找到，那也就算了，還是離開別館吧。

正當她這麼想的時候，一聲清脆的金屬聲在有些距離的地方響起。

雅子馬上認爲，那是在廚房時見到的、從天花板垂吊下來、十分西式的掛網。掛網上還掛著各式各樣的純銅鍋具。一定是廚房裡那些用品發出的聲音。

可是，門窗緊閉著，也沒有人在，爲什麼會發出聲音呢？

嗯，說不定是老鼠吧。

雅子想著。

下一秒，她想起廚房裡有座極大的不鏽鋼嵌壁式冷凍櫃。那完全就是西洋式的設計，日本人家裡並不會放置那種龐然大物。雅子的手緊握著那串鑰匙，再度走向廚房。她其實不知道自己爲何不快點離開這裡，大概是燈光明亮的關係，別館並沒有給人恐怖的的印象，這或許是雅子還敢繼續待著的主要原因。

「喀」一聲，廚房的門再度被打開。

「哇！」雅子尖叫，但隨即發覺自己大驚小怪，立即捂住嘴。

什麼嘛，廚房裡空蕩蕩的，燈也一下就亮了起來，自己到底在害怕什麼呢？一面這樣想著，一面回憶起廚房燈初亮起時使自己發出尖叫的那一幕——一團灰色的物體……滾進了冷凍櫃中……是啊，那不過是隻大灰老鼠嘛。不過，女孩子看到老鼠，尖叫也算是本能反應。特別像是羽衣大學裡這票嬌貴的千金小姐們。雅子暗罵自己蠢，一面走入廚房。

可是不對呀。

剛剛……自己並不是因爲看到老鼠才驚叫的吧。雅子倒抽一口氣，瞪著冷凍櫃，想要整理思緒。就在亮起燈的刹那，她的確看到了老鼠，但之所以尖叫的理由並非如此——她還看見了別的——

一隻怪手，雪白的手。

一隻雪白的、女人的手！

是那隻手把老鼠拉進冷凍櫃裡的！

想到這裡，雅子不禁後退了一大步，腰部撞上了廚房正中央的調理桌面。她驚恐地扶著調理桌的桌緣，瞪大眼睛，目光緊緊盯著冷凍櫃。這時她的意識分成兩股力量，理性的力量要雅子頭也不回地離開這裡；另一股好奇的力量，則是催促她去打開那座冷凍櫃，去確認剛剛到底是自己眼花，還是——

雅子一直以來都不是個膽小的女孩，否則也不會在晚上敢獨自一人跑進久無人居的別館裡，並且還待了這麼久。她知道，如果不查個清楚，自己早晚會爲了這件事掛心，一定會煩悶不已。如果就這麼離開，那麼，自己絕對會後悔。

雅子站在原地不動，以目光仔細地檢視著冷凍櫃。那是一座龐然大物，是西式豪宅裡常見的配備，用以吊掛保存全豬或牛腿等較大型、一般冰箱放不下的燒烤食材，雅子曾在電影裡見過。冷凍櫃的不鏽鋼門看起來很新，在過去恐怕很少使用吧。雅子深吸了一口氣，緊張地邁步向前，右手搭上了冷凍庫的門把——

來吧，不管多恐怖，不管裡面放了什麼，我都不會害怕的！雅子在心裡高喊著。即使如此，但在鼓足勇氣打開門的那瞬間，她還是本能地閉上了雙眼！一陣寒氣撲面而來，夾雜著一些不至於噁心，但聞得出是肉類的氣味。就是一般冰箱的味道，甚至還更乾淨一點。雅子至此，才敢逐漸睜開眼睛。

冷凍櫃裡什麼都沒有。

「咦？」雅子發出了疑問似的聲音。冷凍櫃果然是空的，但仍在運轉著，陣陣寒風不停地溢出。雅子納悶著，「剛剛的老鼠呢？就算被瞬間凍死，也該見得到屍體吧？」

她一面自言自語，一面探頭往裡張望……

幸好，這時並沒有發生什麼令人害怕的事。過了一、兩分鐘，雅子終於大膽地將整個身體往前傾，就在同時，她注意到了銀色不鏽鋼壁上，左側底部，有一塊淡黃色像是污漬似的痕跡。再認眞看看，其實那並非什麼污漬，而是一片鑲嵌於鋼板上的銅片。雅子指尖輕觸銅片，徹骨的冰涼馬上令她打了冷顫。

「喔？！原來！」約女人姆指大小的銅片是可以移動的，向上平移後，竟然露出了一個鑰匙孔。「天哪！」雅子這時已經把原來的想法忘得一乾二淨，完全浸淫在冒險的心情之中。她急忙拿出那支看起來十分古典的洋式鑰匙——

「啊，沒錯！就是這裡！」

雅子興奮地轉動著鑰匙，接著，整座不鏽鋼壁宛如電影場景裡的秘道，在完全無聲息的狀態下，冷凍櫃的壁板竟然緩緩往右平移了一半，露出了一人可勉強通過的寬度。

「籠子，籠子，籠子裡的鳥兒，何時才會飛出來？黎明之前，白鶴和烏龜滑倒了，在你背後的是——誰？」

第一話．夜影

平成二十三年．二〇一一年

「……那些孤獨漂泊的亡靈將會像蛾群一般，不斷受到人世間溫暖的燈光吸引而來，一如活著的人也會往人多之處聚集——尤其是在這異常寒冷的黑夜之中。」

放下了手中的恐怖小說，新城典子疲倦地摘下眼鏡。

自己還眞是蠢。怎麼會選在睡不著的半夜窩在床上看鬼故事呢？大笨蛋。新城典子罵了自己一句。

自從半年前和男友分手之後，對異性暫且不抱希望的新城典子，最近晚上的休閒活動就是看書。從圖書館借來的愛情小說看膩之後，這次決定換換口味，從恐怖驚悚文學類借了好幾本小說回來。

但是在深夜中，獨自一人的宿舍裡，就算不太恐怖的故事，也足以讓新城典子感到頭皮發麻了。

她把眼鏡和小說一併放在床頭上，拉起被子，關上燈。

明天一早雖然沒課，但下午要到朱鷺館進行學園祭的籌備會議，所以上午還是得花時間準備一些資料。想到這裡，新城典子便有些無奈地閉上眼。自己並非主動樂意參加學生會，而是被住在樓上的學生會會長前岡美羽硬拉進去的。

……對了，前岡美羽……她是怎麼了，昨天重要的幹部會議竟然缺席沒到。前岡可是學生會會長啊，竟連一通電話都不打就無故缺席，手機也不接，眞是令人不悅。明天籌備會議裡，和前岡處於敵對勢力的副會長能澤千春，大概會以此爲由藉機好好教訓前岡吧。想也知道能澤會擺出什麼嘴臉。新城典子有些矇矇地想著，鑽進了溫暖的被窩裡好一會兒，總算隱約感到了睡意……

——啊、可惡！

好不容易就要入夢，但手機鈴聲卻偏偏在這時響起。

感到火大的新城典子猛地掀開被子，筆直坐起，她快速地抓起床頭的眼鏡和手機。重度近視的典子，不管處於多緊急的狀況，還是會先戴上眼鏡再說。戴上眼鏡之後，她看清楚了手機外螢幕閃爍的來電人名——

是前岡！眞是沒想到。

「喂喂！我是新城。」按耐著被吵醒的怒火，新城典子裝出平靜冷淡的語氣。

「……我是前岡。」是前岡沒錯，但聲音聽起來很遙遠。

「喂喂？是前岡啊。妳今天怎麼沒出席會議呢？大家都在等妳哪。手機也不接，能澤這次逮到機會，一直囉嗦個不停呢。」

「……」前岡沉默著，透過手機仍能聽見她低低的呼吸聲。

新城典子推推鼻上的眼鏡，開始覺得不太對勁，「那個，前岡同學妳怎麼啦？」

「……我……我，很抱歉……我不是故意要缺席的……對不起。」

前岡聽起來衰弱無比，和以往盛氣凌人的她完全不同。若非新城認得出前岡的聲音，不然新城一定會認爲這是假冒前岡打來的惡作劇電話。

「妳是不是生病啦？還是出了什麼事？前岡，喂喂，妳沒事吧？現在回宿舍了嗎？」前岡美羽和新城典子恰巧住在同一棟宿舍。

「我沒辦法……回去……嗚、嗚……」前岡說到最後，啜泣起來。

新城典子這時可說是睡意全消了。她緊緊抓著手機，「前岡，妳到底在哪裡？」

「……我想要回來，可，可是……沒辦法呀——」

前岡的手機好像被切斷了，接著，是一片寂靜。

「喂喂！喂喂？前岡？妳聽得到嗎？」新城對著手機叫道。彷彿只要大聲一點，前岡就能聽到自己的聲音。

然而，耳邊還是什麼都聽不到。

新城典子懊惱地將手機自耳邊移開，她看著螢幕上出現的「通話終了」字樣，心裡泛起一股濃重的擔憂。坦白說她並不是前岡美羽的摯友，兩人的交情甚至只能算是一般，不過新城典子此刻卻十分擔心前岡的狀況。是基於何種理由，新城自己也不懂，只覺得前岡必定出了什麼事。

「啊！嚇我一跳。」

新城的手機驀地奏起鈴聲、震動起來。

這次來電的是學生會副會長能澤千春。

「喂喂，我是能澤。」

「我是新城。怎麼了嗎？」能澤竟會打電話給自己，新城感到意外。

「就在剛剛，前岡她打電話給我，說了一些莫名其妙的話。我想問問新城妳有沒有接到前岡的電話。因爲實在太奇怪了，所以只好冒昧打擾妳。」光從語氣就能想像得到，能澤千春正皺著眉的表情。

「剛剛是嗎？老實說，我也接到了……前岡好像怪怪的。她說沒辦法回來什麼的……那，前岡跟能澤同學說了些什麼呢？」

「前岡道歉，說她不是故意缺席今天的會議。」能澤停頓了一下，又說，「她後來開始哭，嚇到我了。啊，對，她也同樣說了沒辦法回來之類的話。這些話聽起來實在很不對勁。」其實能澤還想說但忍住沒說的是：「我和前岡一直都是死對頭，她就算死，也應該不會在我面前掉眼淚才對吧。」

新城遲疑了片刻，說道，「我接到的電話也是差不多內容呢。」

「奇怪了……啊，我有插撥，待會兒再打給妳。再見。」能澤結束了通話。

新城看著手機，決定回撥給前岡。

「您撥的號碼未開機，已轉接語音信箱。快速留言請──」

未開機啊……

前岡遇上了什麼事嗎？

新城典子想了想，終於決定下床。她快速地脫下睡衣，換上簡便的家居服，並且穿上外套。雖然心情有些混亂，但新城不忘把手機、鑰匙和皮夾分別塞進不同口袋裡。

大約一兩分鐘後，新城典子已經鎖好自己的房門。爲了避免在電梯裡錯過前岡或是能澤的電話，她決定從五樓走樓梯到前岡所住的七樓。

□

現在是深夜一點左右。

雖然樓梯間仍亮著燈，但一看到帶著幾分冰冷感的慘白水泥牆面，新城還是不由自主想起來睡前正在閱讀的恐怖小說。雖然故事和樓梯間沒什麼關係，但她總是不由得去幻想，在夜半無人走動的樓梯間裡，是不是躲著什麼令人害怕的怪物。

「啊，我到底在想什麼！」新城典子深吸了一口氣，教訓著自己，「不可以胡思亂想，眞是笨蛋啊我。」一面這麼想著，一面踏上了往七樓的階梯。

也許是因爲匆匆出門的緣故，新城典子一面上樓，一面感到愈來愈深的寒意。是因爲沒穿厚外套的關係吧，爬爬樓梯很快就會渾身發熱了。但這次似乎並不是這麼一回事，好幾次新城典子都有快要走進冰庫的錯覺。

她忍耐著已經變得萬分刺骨的寒意，推開了通往七樓走廊的深灰色鐵製安全門——這時，口袋裡的手機響起。新城連忙掏出手機。

「新城同學，我是能澤！」能澤的口氣緊迫，「剛剛是吉田同學打來的，她說她接到了前岡奇怪的電話，所以打來問我——」

七樓的走廊和新城典子所住的五樓沒什麼兩樣，但新城卻總覺得這條走廊異常淒清，似乎整層樓都無人居住。

「吉田也接到了電話？」新城打起精神，把注意力轉回電話上，「那麼前岡跟吉田同學說了些什麼呢？」

「都是差不多的話。我總覺得前岡很怪，不知道她是怎麼了。」

能澤一直都對前岡沒有好感，在競選學生會會長時，兩人根本就鬧到了水火不容的地步。但此刻能澤卻打從心裡感到一股令人害怕的氛圍，自從接到了前岡打來的電話後，能澤的心裡不停地感到毛骨悚然。

「我現在在七樓——我跟前岡同樣住在大學部的女生宿舍B棟，我想去前岡的房間看看——」幽靜萬分的七樓讓新城不得不降低音量，悄悄地說道，「我待會兒再回電給妳，不會很久。那麼先這樣了。」

七樓的走廊其實十分明亮，但不知爲何，也不知從何處，滲進了寒冷刺骨的空氣，彷彿是有人故意將冷氣空調打開似的，整個空間益發寒冷，像是冰庫。可是，冷氣這種東西是有溫度限制的，大部份的空調根本不可能調降至十五、十六度以下。新城典子緊緊握住手機，她本應走到前岡的房前敲門，然而，現在的她卻彷彿被某種力量阻擋住，僵立原地，她不想也不願邁開腳步，腦中一片空白。

新城典子吸了一口氣。

鼻腔和呼吸道被寒冰似的空氣刺痛，痛得她瞬間清醒起來。

剛剛是怎麼了呢？

像是站在原地發呆，又像是突然進入了失神狀態。

我……應該要去前岡的房間，不是嗎？

新城猶豫著。

明明就是和平日沒兩樣的空蕩走廊，自己到底是爲了什麼躊躇不前呢？

就在此時，走廊天花板上的白色日光燈忽然閃爍了一下。那是很普通、到處可見的水銀燈管，夏天若空調開得不夠強時，偶爾還會看到黑色的小蟲在燈管附近聚集。

即使燈光刺眼，但新城還是怔怔地看了幾秒，直到眼睛覺得不適。但正當她將視線調回走廊時，她不禁發出了驚駭的尖叫。

「哇啊——」新城倒吞了一口氣，使得叫聲有一半卡在喉嚨。

眼前，

在前岡美羽的寢室門前，

一名渾身是血、髮長及肩的垂首女子正佇立著——

不，說是佇立，並不正確；

那女子從膝蓋以下，像是霧般淡去。

女子垂著頭，一手緩緩抬起，凝結著血塊的指尖，遙指著某扇窗。

新城典子根本看不清那女子的臉，只看到因鮮血浸潤而糾結黏膩成條狀的黑髮，新城的心臟在鼓動得幾欲跳出胸口之時，腦海裡不停地迴蕩著自己刺耳的尖叫

——那是前岡！那是前岡美羽！

「籠子，籠子，籠子裡的鳥兒，何時才會飛出來？黎明之前，白鶴和烏龜滑倒了，在你背後的是——誰？」前岡美羽發出了怪異的歌聲。

眼珠宛若要迸裂似的，新城典子的雙眼不由自主地瞪大再瞪大，彷彿想要把那染滿鮮血的恐怖身影刻入自己眼中似的，她無法控制地死命注視著那束指著窗戶的血影，直到自己終於順利從喉中發出完整的淒厲尖叫。

第二話・籌備會

「喔？這麼說起來，妳也不知道吧？」

只畫著淡雅妝容，但臉上洋溢著濃濃幸福感的塚本香代小姐(婚前舊姓三浦)，以略帶訝異的口吻說道。她聲音輕柔，不帶任何地方腔調，某種程度上聽起來和專門爲動畫女主角配音的聲優有些類似。塚本香代小姐容貌秀麗，穿著時尚得宜，並且擁有傲人的身高和一雙修長美腿。

柴田放下熱紅茶，點點頭，「……嗯。從來沒和森崎教授聊過他家的事，所以……」

塚本香代露出了解似的微笑，「森崎教授是個喜歡把自己孤立的人，這些事也不是出自於他本人口中，而是夫人告訴我的。」

「喔！」柴田想起了只見過一次面的小松由里子。

身爲TBS的當紅主播，小松由里子的確才貌雙全，氣質高雅。女人無論如何裝扮自己，氣質這項要素，卻很難靠著衣著行頭來增強。柴田一直都記得小松由里子那名媛般的氣息，還有說話時和播報新聞完全雷同的冷漠音調。某種程度上來說，她個人對小松由里子並沒有什麼好惡可言就是了。

塚本解釋道，「夫人其實每隔一段時間就會打電話給我，關心教授的情況……有時也會閒聊，所以才會談起小松家和宮木家的過往……說起來，我和夫人倒還算聊得來。結婚前，她還特地送了禮物給我。」

「這樣啊。可是，我卻一次也沒接過夫人的電話。」柴田以自言自語的音量說道。

塚本輕笑，「那是理所當然的嘛。」

「理所當然？」

「柴田小姐妳，不是正和森崎教授交往嗎？」

柴田差點沒打翻紅茶，「咦？！」

「這已經不是秘密了嘛。」

柴田萬分苦惱，「問題是，並沒有這回事。如果有，我會爽快承認的。」

這次，換塚本露出驚訝的表情了。「可是，我聽到的是……妳和教授在一起的情景被同學們看見了。」

「在一起？我是森崎教授的助理，當然時常和他同處一室……」

「不，不止共處一室——」塚本掩嘴輕笑，「我聽到的是——緊緊擁吻。」

「……」藉著喝茶的動作，柴田強迫自己冷靜下來。過了一會兒，才以愼重萬分的口吻說道，「眞的沒這回事，不可能的。」

「是這樣啊……」塚本香代倒也沒有再多說什麼，心裡想著，總不能硬逼柴田承認吧。

從塚本的表情看來，似乎並不怎麼相信自己。柴田默默嘆了口氣，深深感覺到，謠言這種東西的力量，還眞是令人害怕。

「對了，香代小姐還適應家庭主婦的生活嗎？」柴田放棄似地換了話題。

塚本露出幸福的笑容，「雖然有點辛苦，不過還滿幸福的。爲喜歡的人燙襯衫、煮味噌湯、買刮鬍刀——好像幸福就是由這些瑣事中堆積而成的呢。」

柴田不由得羨慕起來，那是自己一生都不可能擁有的幸福。像自己這種人，怎麼能跟別人共度一生呢？光是想到在觸碰時的黑暗畫面，就感到沒來由的害怕。

「啊，對了，妳的身體已經完全康復了吧？」塚本問。

「是的，託您的福。」

「雖然不知道妳的身體是哪裡出狀況，不過能恢復健康實在太好了。」

柴田瞬間感到心虛，正不知道該如何應答時，碰巧這間二十四小時營業的「山茶花」店門打開，湧入了一群嘰喳吵鬧的學生，對話就這麼被中斷了，柴田和塚本不約而同地瞄了眼那群學生。看樣子也都是羽衣大學的學生吧，人數大約十一、二名，他們找了一列長桌坐下，另外還拉來了幾張椅子。原本就不算寬敞的「山茶花」因此而突然顯得有點擁擠。

塚本微笑看著那群學生，「……好像是學生會之類的社團聚會呢。啊，可能是因爲學園祭又要到了吧。」

「是啊，春季學園祭又要到了，現在已經開始籌備了吧。」柴田說道。

「不知道今年文學部的主要活動是什麼……去年，主要活動是聯合表演《歌劇魅影》的樣子。」

「今年嗎？嗯，聽說是要準備驚奇鬼屋。而是非常盛大的鬼屋，分成洋式的驚奇鬼屋，還有本國的妖怪屋。」

「妖怪屋？是說，像《東海道四谷怪談》❶裡的阿岩、《播州皿屋敷》❷裡的阿菊、獨眼小僧那些嗎？呵呵呵，天哪，眞是懷念。」塚本掩口輕笑。

「是啊，我想應該會有很多民間故事裡的妖怪吧。」

柴田此時心中閃過了一個念頭。不知道會不會有《鍋島貓騷動》❸裡的人物出現呢？她想起了那頭對自己而言十分重要又可愛的黑貓，不禁輕輕嘆了口氣。現在那頭貓咪去哪了呢？應該安然無恙吧？柴田如是想著。

「不過，現在還流行鬼屋這種東西嗎？」塚本悠哉地說道，「不知爲什麼，總覺得那很老套了。反正……再怎麼樣也是人假扮的妖怪，不是嗎？」

柴田不置可否，默默地喝著紅茶。她也隱約覺得驚奇鬼屋不是什麼時髦的玩意兒，但其實最近似乎流行著復古風嘛，這也沒什麼不好的。

□

離開「山茶花」之後，柴田和　本在店門口道別分手。柴田獨自一人，以非常

❶《東海道四谷怪談》版本衆多，故事主要在講述浪人伊右衛門謀害了阿岩的父親，之後又爲謀圖財產而娶阿岩爲妻，待家產揮霍殆盡後，另娶富家女，並聯同他人毒殺阿岩，將阿岩屍體綁在木門上棄入河中。後阿岩冤魂作祟，相關人等全部慘死。在日本被改編爲電影三十次以上，深刻影響日本恐怖文化。

❷《播州皿屋敷》發生於兵庫縣姬路市，傳說名喚阿菊的婢女被嫁禍打破家傳寶盤，含冤死去後，每夜出現在井邊數著盤子，到破裂的第十枚時即發出厲叫，並作祟致使主人家敗亡。相似的傳說在日本各地廣爲流傳。

❸日本民間故事，多次被改拍爲電影。柴田與《鍋島貓騷動》之相關故事請參閱拙作《鬼校怪談：黑貓》。

緩慢的腳步，從「山茶花」散步回宿舍。她一面想著剛剛的對話，一面爲謠言感到一絲絲的不愉快。自己和森崎教授明明就不是那種關係——話說回來，自己和教授之間存在的那種微妙連繫，反而更像是同族族人的感覺吧——

微妙的連繫。

是啊，誰會想到那種情況呢。

「喵——嗚！」在銀杏樹下，一隻三色小貓發出了微弱的哀嚎聲。

「哎呀。」柴田循聲找到了躺在銀杏樹底，看起來營養不良的貓兒。

她毫不猶豫地輕輕抱起小貓，確認牠有沒有外傷。這隻小貓大概是和母親失散了，看起來才兩、三個月大。雖然沒有外傷，但身體卻瘦弱得很，已經奄奄一息。

柴田將三色小貓謹愼地放進外套口袋裡，用最快的速度衝向印象中曾路過的獸醫院。

「不能放棄，要活下來！」柴田一面奔跑，一面在心裡大聲吶喊著。

□

「……所以，那隻小貓後來呢？」森崎端起自己煮的咖啡，喝了一口。

「嗯，幸好眞的只是營養不良，沒什麼太大的問題。我打算領養牠。」柴田不好意思地笑笑。

「又要偷偷養貓了。」森崎放下咖啡杯，「要小心別被發現喔。」

「是。我知道了。」柴田忽然皺了一下眉，臉上閃過痛苦的神色。

「怎麼了嗎？」

「昨晚——大概因爲跑步的關係，之前的傷口有點發疼。」

森崎歉然，「都是我不好，把妳捲入了事件中。」

「您別這麼說。」柴田想擠出微笑，但卻失敗，臉色變得更蒼白了。

森崎注視著柴田，以輕鬆的口吻說道，「要好好照顧自己才行，不然哪有力氣照顧貓呢？」

「是啊，您說的對。」一想起貓咪，柴田便不由自主地打起了精神。「我打算給牠取名『福爾摩斯』。您知道赤川次郎❹的小說裡有隻三色貓❺吧？」

---

❹ 赤川次郎，あかがわじろう，生於一九四八年，日本推理小說家。個性幽默圓滑，並將之反映至作品中，因而產生許多知名系列作，如繼母刑警系列、賊夫妻系列、三色貓系列等。

❺ 此指赤川次郎三色貓系列作中之《三色貓推理》，台灣亦曾將該作譯爲《三色貓探案》。在該書中有一頭三色母貓名爲福爾摩斯，提供主角許多破案靈感。

「啊啊，我讀過。那頭三色貓是叫『福爾摩斯』沒錯，很有趣的角色——」

這時一陣急促的腳步聲蹬蹬而來，接著那人忙不迭地衝進森崎的研究室，並且以迅雷不及掩耳的速度在客用的單人扶手沙發上砰地坐下。就像深陷在沙發裡的馬鈴薯那樣。

「啊，您好。」柴田對於來去如風的梶谷現在已見怪不怪。

「呼、呼、哈！妳好！」梶谷掏出手帕，抹了抹汗，「眞喘，呼、呼、哈——」

「有必要跑得那麼急嗎？」森崎好整以暇，轉頭對柴田說道，「麻煩妳倒杯水給梶谷主任吧。」

「好的，馬上來。」

「啊，請給我冰水！」梶谷對著柴田大喊。

「好的。」

「匆匆忙忙跑來，是發生什麼事了嗎？」森崎問道。

梶谷先接過柴田遞來的水杯，痛快地一口喝乾，接著再重重喘了口氣，咂咂嘴脣後，才說道，「我被任命爲學園祭籌備會的主席，你知道吧？」

「知道。你也不是第一次當籌備會的主席了，不是嗎？」

「這次啊，雜事比往年多了好幾倍。而且啊，不知道是不是運氣不好的關係，就連校方指派支援籌備會的文書人員也狀況連連，現在連負責會議記錄的小姐也突然因爲私人理由而辭去職務了。」梶谷頓了頓，看看柴田後再重新望向森崎，「人手實在不夠，我也沒時間去找新的記錄小姐，所以——想跟你商借柴田同學。」

「啊？」森崎和柴田不約而同發出疑問似的驚呼。

梶谷紅通通的臉笑了起來，「不要露出那麼訝異的表情嘛。我自己的研究助理也已經被抓去籌備會當苦力了，所以只好跟你商借柴田同學啦。那個，柴田同學，妳意下如何呢？當然，這份工作有薪水可領喔，而且待遇還滿不錯的呢。工作內容也很容易，只要負責每次的會議記錄，用電腦整理好之後寄給與會成員就可以了。怎麼樣？有沒有興趣呢？」

「這個嘛，如果工作內容不至於影響到研究室這邊的話……」柴田以目光徵詢森崎。

森崎接口，說道，「難得梶谷主任這麼熱心，就去幫忙吧。」

「太好了，那就這麼說定了。明天——不，今天下午，請到朱鷺館來一趟吧。」梶谷從沙發上站起身，準備告辭。

「朱鷺館？」

「啊，是的，籌備會辦公室設在舊校舍，也就是俗稱的朱鷺館。雖然封閉了二十年沒有使用，但裡面的狀況還保持得不錯，無懈可擊呢。」梶谷一面說，一面走出研究室，「下午兩點可以吧？柴田小姐。」

「可以。」柴田點頭。

「那麼到時見啦。」梶谷本已來到走廊，但又突然折返，「……我說森崎啊。」

「嗯？」森崎抬頭。

梶谷嘟起嘴，彷彿想起什麼似的，看看柴田，又看看森崎，之後像是決定了什麼，搖著頭，「不，沒什麼、沒什麼。先這樣吧。」

森崎和柴田不約而同地目送梶谷匆匆離去，兩人不解地看向對方，而柴田在視線交會的那瞬間猛然想起了塚本香代小姐所說的話——於是她便不自在地別過了頭，藉著整理梶谷使用過的水杯來掩飾突如其來的尷尬。

森崎不明所以，但他決定保持沉默。

就算要追問，也不知道該從何問起。他讓視線停留在液晶螢幕上，想著。自從知道柴田和自己是同類之後，他有一段時間幾乎是無法抑制且不自覺地產生了想要保護柴田的感覺。不，更正確地說，他甚至不明白那種想要挺身而出的念頭是爲了柴田本人而產生，抑或是基於保護這僅存的同類的本能。如果柴田和自己一點關係都沒有，一點連繫都沒有，或許自己便不會如此忘情了吧？森崎在剎那間遲疑著，這是好事，還是壞事呢？若那股保護慾是基於類似的同族關係，而非因爲柴田本身，這反而是好事吧。

森崎靜靜地抬頭，柴田已回到自己的座位上，她一面登錄著桌上成疊的作業成績，一面露出嚴肅而認眞的神色。森崎忽然聽見自己的身體裡發出一股聲音，要他別再看向柴田——

之所以對柴田那麼好，是因爲同是那種人的緣故，不會有別的理由。

森崎再次對自己說道。

是啊，是這樣沒錯——

這樣，沒錯。

第三話・九条來訪

「哎呀！這不是小綾嗎？！」梶谷先是叫了出來，接著又慌張萬分地掩住口，「抱歉、抱歉，我是說，九条警部。」

站在梶谷眼前的九条一改平日的穿著習慣，身上不再是深色風衣和死板的套裝，而是看起來非常清爽舒服的小麥色長裙和米色寬鬆毛衣外套；腳上萬年不變的黑色皮質氣墊鞋也換成了少女品牌的卡其色帆布鞋。九条手上挽著一只碎花布質手提袋，在午后陽光下的她髮絲閃耀著光澤，像是最近極流行的森林系女孩。即使明知道她只比自己小幾歲，但梶谷卻感覺眼前的九条宛若少女。

「近來好嗎？梶谷君。」九条微笑，向梶谷走來。

「還可以，很忙就是了。距離上次見面也好一陣子了吧？」梶谷忍不住打量九条，說道，「這是妳的便服吧？」

「那當然，穿成這樣抓不了壞人啊。哈哈。」九条眼色看向研究大樓，「聽說柴田小姐回來上班了？」

「是啊，雖然臉色還不是很好，但是日常生活好像都回到正軌了。」梶谷好奇地追問，「話說，那時到底發生了什麼事啊？我一直想要問問森崎，不過在那傢伙面前我老是開不了口啊。我問了霧島，霧島也只說了『槍傷』兩個字──柴田小姐到底發生了什麼事呢？怎麼會受了槍傷？還有那個乙羽泰彥最後到底是怎麼了……」

「梶谷君你還是老樣子啊。」九条從手提袋裡翻出菸，咬上卻沒點，露出比森崎更高深莫測一萬倍的淺笑，「總之，託柴田小姐的福，事情告一段落了，以後不會再有那種恐怖的事發生了。我還有事要找柴田小姐，那麼先這樣吧。下次再一起出來喝一杯。」

「啊？可是──喂，小綾，不，九条警部──」

原本已邁開腳步的九条回頭，向梶谷投去一個意味深長的笑容，「對了，梶谷君。」

「嗯、啊？」

「以後別再叫我九条警部了。我老公啊，他姓有馬。」

「有馬？可、可是……」梶谷看著九条轉身進入文學部研究大樓的背影，腦子裡一片空白。

□

「所以，您的意思是——」柴田驚訝得說不出話來。

九条點點頭，「……反正，停職處份也不是什麼大不了的事，就當成是休假也不錯。不過，太空閒的日子也挺難過的，總覺得時間好漫長。」

森崎端來了咖啡，「不習慣當家庭主婦吧？」

「家庭主婦啊……停職之後，好不容易才有了『喔，原來我結婚了』的感覺，要讓自己適應『喔，我是家庭主婦』恐怕還要很長一段時間呢。」九条接過咖啡，說道，「整天待在家裡實在太無聊了，所以就找了些事做做。」

說到這裡，九条放下咖啡杯盤，打開了布質手提袋，從中取出一份文件。

森崎問道，「這是？」

九条將文件推到森崎面前，「是二十年前的失蹤案，我在搜查一課二組的資料庫裡發現的。」

「失蹤案？」

「嗯。」

泛黃老舊的牛皮卷宗上用墨筆寫著：「平成元年．羽衣大學女學生失蹤案」。

「這個……」森崎倒是沒有翻開的打算。

九条似乎意會到這點，於是自顧自地打開老舊的卷宗，說道，「這上面記錄著在二十二年前，一名就讀羽衣大學的女學生神宮寺雅子失蹤的案件。其實也不是什麼大不了的案件，就是在二十二年前的某天，大家突然發覺神宮寺雅子不見了——沒去上課，也沒去參加學生會的活動，也不在籌備學園祭的地方。」

「學園祭？」柴田好奇起來。

「嗯，學園祭。」九条翻了翻卷宗，「當時和現在是同樣的季節，都是各校舉辦學園祭的時間。」

「後來呢？還是沒找到那個女學生嗎？」柴田問。

九条搖頭，闔上卷宗，「沒找到。前往她老家去調查所帶回來的記錄倒是很有趣，神宮寺雅子的弟弟非常肯定地說，她一定是被殺害了。爲此當時辦案的同事把他的弟弟列爲重要關係人，但是問到最後，她弟弟之所以肯定她被謀害，是因爲做了一場惡夢。他夢見神宮寺雅子渾身是血地站在某處，手指著一扇窗戶什麼的。當然啦，後來這件案子就這樣不了了之。」

「所以您打算趁停職的這段時間處理這起案件嗎？」柴田問道，「如果被警視廳發現——」

「那大概會再加個幾條罪名，然後把我趕出警視廳吧，哈哈。」九条聳聳肩，「可是沒辦法，閒不下來，我這個人怎麼可能乖乖在家待產呢？」

「咦？您說待產？！」

「這麼說，妳懷孕了嗎？」

九条難得臉上露出不好意思的表情，「嗯。懷孕六週了。」

「孕婦不能喝咖啡吧？」柴田站起身，將咖啡杯盤撤走，「我幫您準備牛奶。」

「不用麻煩了——」九条微笑，「我這次也不是爲了咖啡而來……喂，森崎君，你能幫我點忙嗎？」

森崎淡淡一笑，「提供情報嗎？」

「沒錯。我想要重新調查神宮寺雅子的失蹤案。坦白說放在資料庫的懸案多得是，不過前陣子才剛處理完板倉和乙羽的案子，現在又發現神宮寺的案件，看來我和羽衣大學的緣份不淺——」九条說道，「一般來說應該不會有太麻煩你的情況，只是先和你打聲招呼。」

「我是無妨……」森崎喝著咖啡，說道，「但是調查二十幾年前的案子會有什麼結果嗎？都已經過了那麼久，恐怕所有證據都已不復存在了吧？」

「即使如此，至少也要確定神宮寺雅子的下落。」九条換上嚴肅的神色，「對很多家屬而言，失蹤是種無法理解的情況，是種永遠不會結束的折磨，至少，再怎麼樣都想要一個結束。是生，是死，都是一個句點。如果已經死去，那麼家人可以好好收拾心情，埋葬起過往一切，重新開始。」

「嗯，這我能理解。」柴田將牛奶放在九条面前。「對了，您說，神宮寺雅子失蹤時也是準備學園祭的時候嗎？」

「是啊。我看看——喔，當時籌備單位設置一棟名叫『朱鷺館』的校舍裡。朱鷺館這棟建築物還在嗎？」九条問道。

「還在。而且封閉了很多年呢，直到今年才重新啓用。」柴田有種不愉快的預感，說道，「而且今年的學園祭籌備會也設在朱鷺館呢。」

「柴田小姐剛剛說，朱鷺館封閉了很多年，有什麼理由嗎？」九条問。

柴田搖搖頭。

森崎接話，「只聽說過那是創校人宮木銀之介捐出的建築物，他曾經在那裡住過。後來捐出之後雖然改裝成了校舍，但實際上根本用不到那麼多教室，所以一直沒有開放使用。其實稱爲舊校舍有點怪，畢竟似乎根本沒有人使用過那裡的教室。」

「是嗎？」九条想了想，「名叫『朱鷺館』的舊校舍、而且又是宮木財閥住過的地方，無論如何都想去看看……」

柴田提議，「那麼，今天下午要不要一起過去呢？」

「柴田小姐要到朱鷺館去嗎？」

「是啊，梶谷主任拜託我去擔任籌備會的記錄呢。」

「原來如此。如果可以的話，那就一起去吧。」九条帶著歉然，「但是，對柴田小姐還是很不好意思。」

柴田不以爲意地笑著，「我沒關係，也請您忘了之前的事吧。」

□

「妳聽說了嗎？新城她——」

「不、不是這樣的吧？怎麼可能……」

「但，前岡的事……」

「什麼鬼魂啊什麼亡靈啊，我才不相信。」

「我看，那是捏造的吧……」

「所以，前岡她現在——」

在朱鷺館大門前，幾名學生交頭接耳地談論著。內容不外乎是前一天晚上不知為何發狂似地在女宿舍七樓尖叫哭喊的新城典子，以及目前似乎下落不明的學生會會長前岡美羽。

站在人群圍成的圓圈之中的是一名染著漂亮金髮，長相甜美的女孩。她正是學生會副會長能澤千春。

能澤千春此刻的心情比任何人都還複雜。聽到前岡美羽失蹤之時，她還有種興災樂禍的感覺，但是自己接到前岡那通怪異的電話後，能澤也不由得開始感到恐懼；何況同樣接到電話的新城典子，更不知爲何發瘋似的在女宿舍中尖叫，不管大家怎麼拉她、搖晃她，新城典子都像是體內藏著一具播放器的怪物，無論如何都沒辦法讓她停止尖叫。最後是叫來了救護車，力氣大的男性護理人員按著新城，替她打了鎮靜劑，花了很大的力量才把她塞進救護車。

「聽學姊說，新城一直尖叫，吼到嘴唇都裂了、滲出血了，但聲音卻沒有中斷過。」

「怎麼可能。聲音沒有中斷？再怎麼說她也得要換氣吧？胡說八道。」

「不，是眞的，從發現新城典子到救護車過來，總共二十分鐘吧，她的尖叫眞的一秒也沒有停過唷。」

「呃，那、那還算是人類嗎……」

「後來還唱起了童謠，噁心死了。」

「什麼童謠？」

「就是白鶴和烏龜滑倒了的那首嘛！一直唱，好恐怖啊。」

「不要亂說啦。」

能澤千春煩悶地瞪著眾人，「都說完了沒！前岡的事我們已經和校方連絡了，如果再沒找到她，警方就會前來調查。至於新城同學——她的情況如何大家根本就不清楚吧？既然不清楚的話，就別再說讓大家不安的話了。懂我的意思嗎？我不想聽到任何謠言——」

「那個，請問是什麼謠言？」提出這個問題的，是剛剛才走近能澤的柴田。

「是柴田同學啊。」能澤臉色稍稍緩和了點，「就是，有點事，爲了學生會的體面，正在囑咐大家要守口如瓶。」

「原來如此。」柴田點點頭，「——大家不進去開會嗎？」

「噢，對，開會時間到了。」另一名幹部說道，還露出了「這蠢話題總算告一段落」的寬心笑容。

站在不遠處注視著柴田和學生們的九条，在目送眾人走進朱鷺館後，獨自站在原地好一會兒。

朱鷺館的外觀是洋樓，雖然不復當年的華麗，但仍相當氣派。附近種滿了吉野櫻，春天時這裡的櫻花十分壯觀。即使現在不是櫻花季，不過空氣中卻仍飄著櫻花的淡雅香氣。

九条雙手插在長裙口袋裡，靜靜地觀察朱鷺館。她一扇扇數著巴洛克式的高大窗戶，盤算著該怎麼在半夜潛入調查才好。被停職的警部不可以擅自行動，更別說是潛入搜查；但九条從來就不在意那些。正因如此，才被許多上級和同事視作第一號的麻煩人物吧。

幾分鐘後，九条才注意到手機響起。

來電的是有馬特別調查官，也就是她的老公。

「喂喂，怎麼了？」

「我打回家裡但沒人接，妳該不會是跑去羽衣大學了吧？」

「嗯啊，哈哈。」九条想笑著混過去。

「醫生不是有叮嚀，要在家裡多休息，安心待產嗎？」有馬的口氣異常嚴峻。

「那種有壓力的日子對胎教才不好吧？而且，就當作我只是來散步，這樣不是很好嗎？」

「……散步是吧。」有馬哼了一聲。

「對，散步。」

「好吧。今天開始我會謝絕所有應酬，然後也寫了簽呈要調整職務。之後我會好好管控妳的行動，知道了嗎？」

九条在心裡嘆氣，「我知道了，有馬特別調查官。」

「還有，別以爲我不在就可以偷抽菸。」

「……少囉嗦。」九条的右手剛好摸到了口袋裡的菸盒，只好放開。

「出去走走是可以，但別自己又跑去調查什麼。」

「知道了知道了。」九条在心裡哀嘆著掛上電話。

雖然覺得有馬變得囉嗦萬分，一點也不像初識時跟在她身邊實習，不發一語的冷硬派帥哥；但九条也不得不承認，受到關心的自己，其實內心正洋溢著極平凡的幸福感。

人生哪，有很多事果然是料想不到的。

第四話・能澤千春

能澤千春一面掛上電話，一面重重地嘆了口氣。

此刻正坐在能澤對面，認眞安排鬼屋進度的活動組組長平野牧子將視線自電腦前移開，問道。

「怎麼了嗎？」

「前岡眞的失蹤了，沒人知道她到哪裡去，沒多久前學校向警方報案了。」能澤打了個寒顫，「……妳也知道吧？關於我和新城同樣接到電話的事……」

平野牧子點點頭，以了解的表情說道，「是啊，眞的非常嚇人。」

「不知道前岡到底是怎麼了，過陣子，警方也會來調查那通電話吧……還有新城的事……奇怪了，她究竟發生了什麼事呢？」

「新城被送到醫院前，我也在場。」平野眼中流露出恐懼，「其實，大家說的並不是假話，也沒有誇張。」

「什麼意思？」

「她眞的尖叫了足足二十幾分鐘吧。現在想起來，那眞的不是一般人能做到的。她那時的表情我大概一輩子也忘不了……究竟是看到了什麼呢？竟然如此害怕。」平野抱住自己的肩膀，「新城的眼睛都突了出來，即使有人按住她，她還是不停發抖。」

「天哪……」能澤毛骨悚然，當時自己也接到了電話，如果到七樓去探查的是自己，那後果會是如何——光想像就頭皮發麻。

「是啊。」

「不知道新城現在怎麼樣了。」平野憂心地喃喃自語，「希望她沒事才好。」

能澤眉頭皺得更深了。雖然一向討厭的前岡失蹤了，自己應該興災樂禍才是，但此時的情緒卻無比沉重。

「……時間到了，我要先走一步。」平野牧子開始收拾桌上的筆電。

「嗯，妳路上小心。」

平野牧子看看錶，再幾分鐘就六點了，她抬頭看向已變黑的窗外，說道，「千春，妳也一起走吧。只留妳在朱鷺館，我不太放心。」

「這樣啊。」此刻的能澤並不想落單，但手邊的事卻還沒處理完。她考慮了幾秒，向平野說道，「我沒關係的，再十分鐘就會離開。妳不是有約嗎？先走吧。」

平野點點頭，揹起包包，「別待太晚。」

「好。明天見。」

「明天見了。」

平野牧子的腳步聲逐漸遠離，能澤千春在此時也開始催促自己快把該發的Mail發送出去。雖然燈光明亮，但她卻一點都不想忍受獨處時刻。這棟偌大的朱鷺館，不知何時開始瀰漫著一股詭譎陰森的氣氛。

手指一面按著筆電鍵盤，能澤一面想，大概是因前岡和新城的事，使得自己頭皮發麻、風聲鶴唳的緣故吧。

前岡她——

可惡，怎麼會這樣呢？

能澤一直無法宣之於口的想法其實是，她在接到前岡的電話之後，心裡根本上已產生了：「前岡出事，很可能遇害了」的想法。但這種想法無論如何也無法說出口，加上新城後來竟然無故發狂，這更讓能澤嚇得不敢亂說。這種壓抑的情況讓能澤的心感到負擔沉重，也更加害怕，自己會不會步上前岡或新城的後塵。

「好了。呼。」總算將會議通知和新的人員調度表全部寄出。

其實距離平野離開至今也不過短短幾分鐘，但卻讓能澤如坐針氈，感覺像是獨自在朱鷺館待了一世紀那麼長。

能澤現在已從座位上起身，心裡有股聲音催促她快點離開這裡，而這股聲音有愈來愈大的趨勢。她將東西全數塞進包包裡，根本懶得整理，一手抄起外套，一手抓起包包，像逃命似地衝出了當作學生會臨時辦公室的大房間。能澤快步走下一樓，就在即將穿過大廳、靠近大門之時，她聽到了一長串沉悶的聲響。就像有人拖著沉重的麻布袋走路似的，有東西在地上磨擦著。

接著，是一陣腳步聲。

「是誰？」

能澤鼓足勇氣回頭，但看到的只是一抹鮮艷的衣角。

——有人走進了佈置中的鬼屋，

接著，在鬼屋裡傳來了歡快的哼唱聲——

「籠子，籠子，籠子裡的鳥兒，何時才會飛出來？黎明之前，白鶴和烏龜滑倒了，在你背後的是——誰？籠子，籠子，籠子裡的鳥兒，何時才會飛出來？黎明之前，白鶴和烏龜滑倒了，在你背後的是——誰？」

□

柴田回到研究室時大約傍晚五點半左右。

森崎教授正拿起衣架上的大衣，歉然說道，「我臨時有事要辦，但這些成績登錄今天一定得送出，所以要麻煩妳了。」

「您別這麼說，這是我份內之事。」

「對了，這是三明治和紅茶，雖然不很豐盛，但就先墊墊肚子吧。」森崎指了指放在柴田桌上的牛皮紙袋。他穿上大衣，提起公事包，「我先走了，有什麼事再電話連絡。」

「是，您路上小心。」

柴田目送森崎離開後，才脫下那件老舊的黑大衣，將之掛在衣架上。

奇怪了，研究室怎麼這麼溫暖呢？剛剛在朱鷺館卻冷得直發抖——莫非朱鷺館沒有使用斷熱建材嗎？宛如冰窖似的，感覺氣溫不停降低。雖然沒有冷風從窗戶灌入，但卻令人不由自主地感到寒意，但研究室就舒服多了，柴田呼了口氣。一進門便聞到熟悉的咖啡豆味道，還有像是圖書館般充滿紙張的氣息，這一切讓柴田覺得安心不少。

她在自己桌前坐下，打開了牛皮紙袋，取出三明治和紅茶。是加了大量砂糖和鮮奶的紅茶，眞不好意思，教授竟然還記得自己的喜好——

「柴田小姐妳，不是正和森崎教授交往嗎？」塚本香代小姐的聲音躍上心頭。眞是的，這一切不過只代表了森崎教授的細心和體貼而已，根本就和什麼愛情無關，一點關係都沒有！

「大家眞是太愛亂想了。」柴田不滿地嘟囔著。

□

不知何時，哼唱著怪異童謠的歌聲停止了。

現在有兩種選擇。

能澤千春可以什麼都不理會，逕自推開朱鷺館大門，離開；也可以轉身走進佈置到一半的驚奇鬼屋，看看到底是什麼人在搞鬼。能澤千春的恐懼讓她選擇了前者，但好奇心卻讓她停在原地，踟躕不前。

「到底是什麼人……」

這個疑問讓她無論如何都沒辦法放心離去。

正當她站在距離大門不到一公尺處天人交戰，猶豫著是否該回頭探察時，一股尖銳的金屬聲緊緊地抓住了她的注意力！

她知道那是什麼聲音。

那是驚奇鬼屋裡佈置用的鐵鏈。

因爲要設置機關，讓某些妖怪從天而降或者彈跳出來嚇人，因此準備了許多齒輪和金屬鍵條，後來不知道是誰提議，乾脆模仿《養鬼吃人》裡的名場景，從空垂下許多鐵鏈，上面掛著各式各樣人體器官。

噁心歸噁心，但大家倒是一致通過這個提案——畢竟，驚奇鬼屋就是用來嚇人的，總不能蓋成粉紅色的芭比小套房吧。

現在，能澤千春的耳裡，正聽到鐵鏈條相互碰撞的噪音。

沒辦法，她在心裡重重嘆氣，邁開腳步轉身走向佈置中的鬼屋。

鬼屋裡亮著燈，但仍十分昏暗。一盞像是在礦區裡使用的照明燈放在保麗龍做的道具古井邊。那口井是準備用來當做數盤子阿菊背景的。沒想到大家的動作挺快的，背景類的道具都已設置得差不多，就連吸血鬼德古拉的棺材也都準備好了。能澤雖然想鎮定，但仍心跳不已，她深呼吸著，嗅聞到鬼屋裡全新的油漆味和木材氣息，這讓她清醒不少。

轉了個彎，差點被掛在牆上的人頭嚇個半死之後，能澤停下了腳步。

「你……你是？」能澤問道。

在她眼前的是個小丑打扮的人。穿著華麗鮮艷的成套小丑服裝，頭上戴著有珠飾的小帽和誇張蓬鬆的紅色假髮，臉上也塗滿白油，化上完整的小丑妝，並且還裝了紅色假鼻子。

這名小丑正在佈置鬼屋。

小丑正將一具穿著破爛和服的假人用鐵鏈條吊上牆。

大概是工作人員吧。能澤想。

小丑朝她咧嘴一笑，示意她幫忙拉住鐵鏈的另一端。能澤趕忙上前，緊緊拽住。沒想到假人模特兒有這麼重啊。能澤看著那具裝扮過的假人，十分逼眞，看造型和頭上的腫疤便知道，這可是最知名的怨靈，《四谷怪談》裡的阿岩。看似快要跌落眼眶、充滿怨毒的眼珠，臉上扭曲驚駭、充滿錯愕的表情，看了眞教人發毛，不知道到底從哪弄來的，太逼眞了。

不到一會兒，小丑成功地將假人吊上半空，駝著背的怨靈阿岩，那朝下俯視的姿勢著實嚇人。能澤不敢再看，她放掉手中的鐵鏈，把目光轉向小丑。

「請問你是？」

小丑比了個噓的手勢，又比劃著，表示自己現在正在玩默劇。

能澤皺眉，感到不耐煩，「你應該也是學生會的成員吧？現在可不是玩的時候。」

小丑沒理會能澤，只是嘻嘻哈哈地比手劃腳，要能澤陪他玩默劇。

能澤搖頭，心想反正大概是某個男生幹部，說不定是愛作劇的折原同學，或者負責佈置的稻內同學吧。眞無聊。一旦覺得無聊之後，能澤立刻出現了被耍、被嚇到的感覺。這根本沒什麼大不了的，自己之前到底在緊張什麼啊。

「我要先走了。」能澤帶著幾分怒氣說道。

小丑按住她的肩，要她留下，並比出一起玩的手勢。

「開什麼玩笑，我現在一點玩耍的心情都沒有。走開。」能澤拂開小丑的手，瞪了滿臉白油的小丑一眼。

正當能澤千春收回目光，轉身的那瞬間，一條不知從何而來的鐵鏈就這樣往她頸子快速地旋去，啪一聲繞過她柔嫩的頸項。

……黎明之前，白鶴和烏龜滑倒了，在你背後的是——誰？

在你背後的是——誰？

在你背後的是——誰？

□

森崎並不是第一次來到這家料亭。

幾次和由里子的父親見面都在這裡。婚前第一次拜訪、兒子死後、決定分居、提出離婚——任何重大事件發生時，由里子的父親都會選擇在這家料亭的包廂裡和森崎碰面。也許，在這裡一面談話，一面喝點小酒，由里子的父親會感到比家裡更自在吧。但也有可能只是因爲，由里子的父親習慣在固定場所應酬所致。

今天，由里子的父親的秘書致電研究室，表示由里子的父親想要見見森崎。基本上他並沒有什麼不能與前任岳父見面的理由，於是便答應了前任岳父提出的晚飯邀約。

穿著典雅素淨和服的女服務生領著森崎來到可以眺望中庭景致的包廂，一如往常，由里子的父親穿著高尚且具有質感的西服，比約定早一步到達，正在包廂之中愜意地品嚐香氣濃郁的上等茗茶。

「您好，抱歉，來晚了。」

「喔喔，快坐下吧。」小松榮太郎說道。

身爲國內舉足輕重的政治家，小松榮太郎全身散發出一種不怒而威的氣質。年近七十的他身材保養得宜，已經幾近銀白的頭髮謹慎地梳理成傳統三七分頭，臉上的皺紋給人一種充滿智慧的印象。光看小松榮太郎的臉，就能知道他年輕時必定是位英俊的大帥哥，而由里子也繼承了小松家家傳的美貌。

女服務生替森崎掛好大衣，拉上障子門後告退。

「好久不見，您近來好嗎？」落座後，森崎恭敬地正坐著。

「喔，差不多，還是老樣子。你呢？聽說前陣子又發表了新的論文是嗎？也是啊，現在正是積極衝刺事業的年紀嘛。」小松榮太郎放下茶盞，露出長輩對後輩才有的和靄微笑。

「是。」森崎也淡笑以對。

這頓晚飯，就在無意義的寒暄與天氣閒聊中拉開序幕。隨著侍者呈上高級昂貴的料理，森崎愈來愈覺得眼前的老人家果然高深莫測。

喝了幾杯溫熱過的清酒之後，兩人拘謹的態勢終於稍趨緩和。

小松榮太郎稍微鬆開了領帶，說道，「我說森崎君啊……」

「是，您請說。」

「最近，我們家由里子，沒和你連絡吧？」

「上一次見面已經是好幾個月前的事了。由里子怎麼了嗎？」

「還會關心由里子，那麼，你應該並不是討厭她或憎恨她才說要分手的，對吧？」

森崎苦笑，「當然不是因爲憎恨或是厭惡。」而是比這兩樣更糟的情況，當時兩人都覺得和對方一起生活根本是折磨。

「那時，是因爲孩子的緣故吧……說實話，當時我很想勸勸你們，兩人只要一起忍耐，很快就會撫平傷痛的……而且你們還年輕，隨時都會再懷第二個……啊，現在說這些又算什麼呢？」小松榮太郎以短暫的停頓來加強效果，「這只是我一個可悲父親的心情啊！森崎君——你知道嗎？由里子還是愛著你的！你能不能考慮一下，和由里子重新開始呢？」

森崎露出驚訝的表情，半晌才答道，「您是眞的這麼想嗎？」

「當然！」小松榮太郎略微激動地說，「對外我是一手掌握全日本政局的大政治家，可是回到家裡，我還是妻子的丈夫，孩子們的父親啊，有誰不希望自己的孩子能夠幸福呢？由里子是因爲想躲避失去孩子的傷痛才離婚的，這我很清楚。但現在這個傻孩子卻更加痛苦了——爲什麼呢？是因爲你啊，森崎君！」

「但，有些事……已經回不去了。」

森崎總覺得自己說出的話十分殘忍，也許直接對由里子說出來還好一點，可是，對眼前老邁的岳父這樣直白拒絕，自己都感到歉疚萬分。

小松榮太郎瞇著眼，望著森崎，「……是因爲那位姓柴田的小姐嗎？」

連柴田都知道？消息還眞是靈通啊。

森崎連忙搖手，「不，您誤會了。柴田小姐只是我的助理，我跟她並不是您所想的那種關係。」

「森崎君啊，男人跟女人不一樣，這我知道。像你這樣外型出色又優秀的好男人，當然不缺女人啦，我也沒有權利叫你立刻跟柴田小姐分手。但是，我家由里子畢竟是你曾經願意共度一生的伴侶，想想在教堂神前發過的誓，不覺得就這樣分開實在太草率了嗎？」

這——

森崎不知道該從何說起，只好悶悶地將杯中物一飲而盡。

小松榮太郎倒也沒有再多說什麼，只是重重嘆了一口氣，替森崎倒滿酒，「我今天找你出來，由里子並不知道。那個傻孩子……唉，我不能強迫你們什麼，但我認爲有必要讓你清楚知道，我們家由里子還痴痴地等著你……每天每天都等著……」

「您這樣說，我眞不知該如何是好。」

「決定還是要由你們倆自己作……請原諒我這爲了女兒而不顧一切的糊塗老人吧，森崎君，你一定能懂得我這做父親的心情，對吧？」這次換小松榮太郎將酒喝乾，「另外，對你說這些話，我覺得對素未謀面的柴田小姐很不好意思呢……」

就說了不是那種關係啊。森崎無奈，在心裡沉重地嘆著氣。

□

小丑很忙。

小丑忙著將女孩子綁在門板上，小丑一面喃喃自語，和空氣對話著，一面發出吃吃的笑聲。

腥臭漆黑的房間裡，木桌上放著一本妖怪百科。這是小丑最喜歡的書，從小看到大。其實像這樣的妖怪百科小丑有好幾本呢，有的文字多，有的圖多……小丑最喜歡的是圖片很多、很嚇人的那種。

妖怪啊，多美好的存在啊。

而更美好的是，自己成爲了妖怪製造者，

可以隨心所欲製造出想要的妖怪。

小丑將妖怪百科翻到了寫有「牡丹燈籠」的那頁。故事裡的女主角阿露，其實是具恐怖的骷髏。小丑那塗滿白油的手指順著書頁行間滑過。

「……骷髏啊，是骷髏才對。」小丑對著空氣確認道，「那就製造成骷髏吧。但，用什麼好呢？嗯……嗯，是啊，就那個吧……」

小丑從房間一角的櫃中抽屜取出一把大美工刀，小丑將刀刃推出，在燈下仔細地看著。刀刃並不鋒利，上面黏沾著黑硬的髒污，很多地方都已鏽蝕。不鋒利的刀刃在製造女鬼阿露時，說不定反而會有意外良好的效果吧。

小丑走近門板，將女孩子染成誇張亞麻色的金髮拉起，用刀刃已鈍的美工刀切入女孩的右臉頰。女孩登時痛得驚醒，驚恐的眼淚如泉水奔流，雖然想大叫，但嘴裡被塞了布團，只能發出悲悽低迴的嗚咽。

第一刀切入的部份是頰骨部分，美工刀接著往下一劃，割斷了幾束肌肉與神經，不到兩分鐘的工夫，女孩右頰的肉便被削去大半，最後連著皮膚，要斷不斷的部份，小丑極其殘忍地徒手撕扯了下來，女孩子痛得暈去。被削下臉頰之後，鮮血一下子便染紅了女孩全身，覆蓋著部份肌肉組織的牙床清楚可見。

小丑低語著，「有肉，還有肉附在骨頭上哩……」

這樣，才漂亮。

呵呵。

「籠子，籠子，籠子裡的鳥兒，何時才會飛出來？黎明之前，白鶴和烏龜滑倒了，在你背後的是——誰？」小丑再度愉快地哼唱起來。

第五話・幽魂

平野牧子、能澤千春與橋谷眞央三人，恰巧都是出租公寓「綠園」的住客。「綠園」是一棟十二層樓的電梯大廈，只限女性入住，每層樓有十間套房。由於距離車站很近，因此除了羽衣大學的女學生外，還有不少女性上班族，或者他校女學生在這裡租屋。「綠園」有著淡褐色石材外觀，在以老舊建築居多的車站周圍顯得相當時尚。

由於算得上是室友，而且又是同學，因此平野牧子、能澤千春與橋谷眞央這三人逐漸形成了還不錯的友情。其中平野更因爲能澤的緣故，加入了學生會。至於三人組中的橋谷眞央，則是每天忙著四處認識有錢少爺，一心盼望著能夠嫁入豪門的拜金女。

這晚接近午夜時分，無端端下起傾盆大雨。站在車站出口的橋谷眞央厭惡地看著車站外行人們走避不及、被淋成落湯雞的樣子，心中不禁一陣抱怨。這個季節其實不常下雨，她根本就好一陣子沒帶傘了。而且這裡離家不遠，若是雨勢不大，跑幾步就能到家，因此橋谷幾乎從來不帶雨傘出門。

但是今夜又冷又濕，就連剛剛連誼時的男生也是整個月來所見過最窮最差勁的，連一個帥哥都沒有，更別說是長相好看又時髦的闊少了，再怎麼看，都是一群這輩子沒啥指望，畢業後只能勉強進入三流公司的遜咖。橋谷帶著怒意地想，今天大概是自己最倒楣的一天吧。

橋谷下意識地摸摸自己身上的大衣，幸好只是便宜貨，即使淋到雨也不會太心疼，但手上的香奈兒包包就不一樣了，是刷卡分期買下的，價值五十幾萬日圓哪。橋谷想到這裡，便走至角落，將包包改揹在內側，她評估著，只要跑快一點，包包應該不會被淋濕的。

唉唉，我要到什麼時候才能過著有司機載我回家，不必管天氣陰晴，也不必顧慮名牌包包被淋濕的豪奢日子呢？橋谷一面想著，一面重新扣起大衣。她深吸了一口氣，就這樣衝進大雨之中。

「啊啊，總算到家了。」

橋谷掏出鑰匙，衝進了綠園一樓大廳。身上的大衣幾乎全濕，這種天氣的雨水根本就像冰般刺骨，她不禁打了個寒顫，用發抖的手按下了電梯鍵。

也許是因爲已經午夜了，其他住戶都已就寢，這大廳顯得格外寂靜。橋谷在原地繞著小圈子，身體凍得受不了，但電梯卻遲遲沒下來。LED顯示著電梯還停在十二樓，雖然出現了往下移動的箭頭，可是似乎有人故意按住電梯，使得電梯並未開始移動。

「可惡，是什麼人按住了電梯，討厭……啊，好冷！」橋谷開始搓起雙手取暖，但被雨淋濕的手只是更形濕冷，一點也溫暖不起來。

這時噹的一聲，電梯門開了。

橋谷想也沒想便快步走進電梯之中，並且急急按著樓層鍵和關門鍵，迫不及待要回家泡個熱水澡。

「呼。」

進入電梯之後，本來預期會感受到乾爽的暖氣，但直刻卻覺得更冷了。

「連暖氣都關掉了，還眞是節約啊。」

橋谷自言自語，轉身對著鏡子。雖然淋了點雨，但臉上的妝倒是很完整，並沒有花掉。眞是可惜了，花了快一個小時才化好的妝，結果竟然是去跟一堆差勁的男人連誼，未免太浪費了。但頭髮就完了，用心以電棒吹整出來的造型已經全毀，天哪，眞要命。

噹一聲，電梯門打開。

橋谷本能地要轉身，但就在這一秒，她對著電梯裡的鏡子完全呆住了。從鏡子裡可以看到她身後的空間，在電梯門打開後，一片昏暗無比，完全看不到盡頭，和每層樓出了電梯的明亮整潔的公共空間完全不同。

原本在撥弄瀏海的手停了下來，橋谷驚訝地瞪著鏡子，「怎麼會——」

若說是全然的黑暗，其實並不正確。

不知是從電梯或是其他地方泛散出的光線，使得這片空間維持著最低的能見度。橋谷瞪視著著鏡子，她忍不住伸出左手扶住一側的電梯牆面。要轉身嗎？還是等關上門呢？橋谷的心砰砰跳著。然而，這時她卻注意到，從鏡子裡反照出，電梯已停在她所住的七樓，是正確的樓層沒錯。

但，這不是七樓啊——

橋谷感到從電梯門口湧入的寒意，這刺骨的寒冷使她咬緊牙關轉身想使電梯關上門，然而，正當她鼓起勇氣轉身的剎那，一股腥臭味重重地撲鼻而來，喝了酒的橋谷差點沒直接反胃大嘔。

「搞什麼！」她用力地按著「關門」鍵，但電梯門卻遲遲不動。橋谷激動地拍打著控制面板，一面感到寒意愈來愈強，腥臭味也愈來愈逼近自己。

就在這時，從黑暗深處冒出了一束人影，橋谷瞪視著那束深色人影，它正往電梯移動著，橋谷嚇得叫出聲，再度猛敲控制面板，做著漂亮水晶指甲的食指死命地按著「關門」鍵，她低低叫著快呀快呀，但電梯卻不識人話。

那道人影愈來愈接近，看起來卻有幾分熟悉。

「能澤……是能澤嗎？」

「籠子，籠子，籠子裡的鳥兒，何時才會飛出來？黎明之前，白鶴和烏龜滑倒了，在你背後的是——誰？」不知哪裡傳來了愚蠢的童謠歌聲。

橋谷倚著電梯門探看，在靠近電梯口，光線照耀下，橋谷終於看清那道人影——是能澤、是能澤沒錯——那頭染得十分好看的金髮現在卻十分潮濕，凝結著血塊，臉上的皮肉已全部消失，只剩下因肌肉組織未被完全撕除而顯得有幾分淡紅色的骨骸，原本該是眼珠的位置形成黑色空洞，一隻蛆蟲從其中鑽出，沿著骨骸起伏又從鼻骨中鑽入。

「籠子，籠子，籠子裡的鳥兒，何時才會飛出來？黎明之前，白鶴和烏龜滑倒了，在你背後的是——誰？」能澤的骨骸正唱著歌，「在你背後的是——誰？是——誰？是——誰？」

橋谷雙腿一軟跌坐在地，沒想到能澤也蹲了下來。橋谷受不了那腐敗血肉的味道終於大嘔起來，就在這時電梯門開始以極慢的速度關上，而能澤已被剝除皮肉的手部也伸進了電梯之中，穩穩地抓住了橋谷的長髮。

「不、不！」

嘴裡還有嘔吐物的橋谷只能發出悲慘的單音，隨著電梯往下移動，那雙骨骸手將橋谷往上提起，當橋谷雙腳離開地面時，她悲痛的吼叫充斥著整座電梯。

頭皮！頭皮要被撕裂了！溫熱的鮮血沿著髮際滴下，那雙力大無比的手就這樣提著橋谷的長髮。她在掙扎中踢去高跟鞋，而電梯也不知爲何又緩緩停止，橋谷高舉雙手，想撥開那雙白骨手，但徒勞無功——不行，再這樣下去，頭皮會被剝下來的！橋谷哭叫著，這時，那雙恐怖的骨骸手突然放了開來，電梯門瞬間關好，電梯猛然往下飛墜，而原本在半空中的橋谷，此刻也重重摔落至電梯內，就這麼昏迷過去。

□

森崎回到家時，大約已是凌晨。並不是和小松榮太郎有聊不完的話題，而是獨自一人在晚飯結束後連續跑了兩家店喝酒。

他脫下手套，用鑰匙開門，沒想到大門一開就聽到咚咚咚的腳步聲。

「您回來啦。」是柴田，她顯然趴在桌上打瞌睡，臉上還有紅紅的壓痕。

「不知道妳在等我，否則會早點回來的。」森崎歉然。

柴田幫森崎脫下大衣，說道，「其實也不是專程等您，我在整理東西，後來睡著了……是聽見開門聲才醒過來的。」

「看得出來。」

「您沒事吧？」

森崎摸摸臉，「臉色很糟嗎？」

「是啊。」柴田漫不經心地說道，「而且還喝了很多酒的樣子。」

「是喝了一點……應該不至於很多。」森崎試著微笑，但硬擠出來的笑容看起來比哭還痛苦。

「發生了什麼事嗎？我腦筋不行，不能幫忙出主意，但若是當聽眾，倒是還綽綽有餘喔。」柴田扶著森崎到權充客廳的和室邊坐下，「我去倒杯茶。」

森崎的房間不大，即使在流理台前準備茶水，柴田也可以清楚聽見森崎說話，但森崎沉默著，不發一語，只是靠著牆，將西裝外套脫下。森崎的手臂仍能感到柴田剛剛扶著自己時的溫度，他呼吸急促起來，覺得這眞是糟糕萬分。自從上次在醫院裡那個單純無比的擁抱之後，森崎知道自己的內心已經有什麼開始動搖和改變。然而那是不行的，原因有很多，多到森崎自己都不願去逐一條列。他很羨慕柴田，柴田倒是沒被這種情況困擾的樣子，她還是一如往常，沒有因此更加接近自己，也沒有因此而退得更遠。

「請用茶。」

「謝謝。」

柴田在森崎面前坐下，不無憂心地說道，「您眞的還好嗎？總覺得您很不開心呢。」接著，她故意開玩笑，「如果像以前那樣，光是碰您一下就可以知道您心裡的事，好像還比較方便呢。」

森崎失笑，「妳想要回那種能力嗎？」

柴田搖頭，「我並沒有失去那種能力啊，只是剛好對您起不了作用而已。我試過了，對其他人都還是有效的。」

「是啊，我的情況也是這樣。這種能力就只對妳失效了……」

森崎想起晚飯結束時，小松榮太郎緊緊握住自己的手說著拜託了的神情，森崎看到了，小松榮太郎的確是眞心的，他眞的是爲了由里子才拜託自己。擁有這種能力，實在是件令人火大又憎恨的事。如果什麼都不知道，自己一定輕鬆多了吧。

「啊，森崎教授，」柴田突然雙頰泛紅，「您可以伸出手來嗎？」

「當然可以。」森崎依言伸出手。

柴田緩緩地伸出自己的手，握住森崎，接著，靜靜地笑了。「……還是一樣什麼都感覺不到吧？我能帶給教授您的，也只有這樣的安慰了。同樣是擁有那種能力的人，我想，什麼都無法感受到的接觸，其實是很珍貴的，對吧？」

森崎注視著柴田，手心裡只感到純粹的溫度，其他什麼都沒有。

什麼都沒有。

這輩子只要碰觸到他人就會見到他人黑暗記憶或是內心的情況終於在此刻停止了，空白，這份空白有多珍貴，正常人是無法想像的。

「啊！」柴田驚呼一聲，下一秒已被森崎緊緊擁入懷中。

「我不是想對妳做些什麼……」森崎在柴田耳邊低語，「我只是很累，很累。一下就好……」

本想掙脫的柴田，當然能理解森崎感到疲倦痛苦甚至寂寞的理由，自己也因爲擁有相同的能力而覺得孤獨。

她放鬆下來，輕拍著森崎的背，「我知道，我都知道。」

「……不，妳不知道。」森崎閉上眼，感到溫暖與睡意，「妳已經看不見我的一切了，不是嗎……我也看不見了……眞好啊。」

柴田淺笑，不再說什麼，只是繼續輕拍著森崎，像是哄他入睡一般。

□

回到自己房間時，已經是清晨五點多了。柴田回想著森崎教授喝醉睡著的樣子，不禁有些同情和擔憂。本來應該照顧他到早上才對，但若是兩人一起在早上走出森崎教授的房間，被看到的話就完了。

雖然什麼都沒有，而且兩人之間根本沒有什麼愛情這種東西存在，但是世人可不會這麼想。何況，到時也不可能向大家解釋：「因爲我們同是擁有靈視力量的人，所以才會互相照顧、惺惺相惜！」這樣。即使說了也不會有人相信的。

一回到房裡，原本安睡的福爾摩斯便雀躍地迎向柴田，柴田替福爾摩斯清理了貓砂盆，又重新換了食物和水之後便走向浴室，開始準備泡個熱水澡。

這種天氣，加了溫泉入浴劑之後的熱水澡最能放鬆身體了。

柴田讓身體浸入熱水中，溫暖的水氣充斥著浴室，一時間感到飄飄然，頭腦放鬆，腦筋一片空白。

……喀、喀喀、喀喀……

柴田猛然張開眼。

浴室內一片寂靜，水氣氤氳，什麼聲音也沒有。柴田用毛巾擦擦臉，狐疑地張望著。剛剛，剛剛明明就聽到了響板的聲音，不，不是響板……是一種很古老的聲音，像是木屐聲。

柴田感到心跳加快，她重新打開水龍頭，嘩啦啦的水聲讓她感覺舒服不少。她再度閉上眼，讓肩膀也浸在熱水中。

……喀喀、喀喀喀、喀……

又是木屐聲！

柴田清楚地聽見了。她急忙從浴缸起身，用大毛巾裹住身體，從小小的氣窗對外張望。天色仍暗，附近什麼也沒有，只能見到隔壁棟宿舍的灰色牆面。

柴田顧盼許久，仍然什麼都沒看到，她不解地離開窗邊，將浴缸裡的水放掉。奇怪了，爲什麼會有那種聲音呢……那分明是少見的一齒或二齒木屐聲……爲什麼會出現在校園裡，眞是令人無法理解。

第六話・探視

平野牧子一早出門時，便看見電梯貼上了「維修中」的告示牌。跟住在七樓的能澤與橋谷不同，平野住在三樓，電梯即使故障，也不會造成太大困擾。因此平野並沒有什麼因此而不悅或是感到不便，她推開了通往安全梯的門，匆匆地來到一樓。

和往常不同的是，此刻的一樓大廳卻有些人聚集著，而管理員生瀨先生一看到平野，便從人群中走出，急忙叫住她。

「平野小姐。」生瀨先生有張瘦削的臉，接近五十歲左右，穿著物業公司配發的水藍色制服襯衫和黑長褲，一年四季都是如此。

「有什麼事嗎？」平野謹慎地回應。

「是這樣的，您認識住在七樓的橋谷小姐吧？」

「橋谷？橋谷眞央小姐是嗎？」

「對、對！」

平野好奇地問道，「有什麼事嗎？我們是同校的同學。」

「是這樣的，昨天凌晨電梯好像故障卡住了，到了早上工人打開電梯時，發現橋谷小姐昏倒在裡面，我們試著連絡她家人，但電話始終沒人接。現在橋谷小姐在醫院，我們認爲需要有人去照顧她才行……」生瀨一邊搓著手心，一邊說道。

平野吃了一驚，問道，「您說橋谷她昏倒了？怎麼會呢……」

「這我們也不清楚。只知道故障的電梯打開之後，就看到橋谷小姐倒在電梯裡，她好像受了點傷，於是我們馬上就請救護車過來，送她去醫院了。」生瀨先生從口袋裡掏出一張縐縐的紙，「這是醫院的地址。」

平野收下後點點頭，「我待會兒過去醫院看看。」

□

「您恢復得很好。」帶著笑容的醫師一面檢視著X光片，一面說道，「但接下來的半年，仍然請您不要進行劇烈運動。如果一定要運動的話，請以緩和的運動爲主，體操或者健走也都可以。」

「是，我會注意的。」柴田順從地點點頭，感到安心不少。

向醫生道別，走出診間後，柴田有種鬆口氣的感覺。看樣子之前的槍傷並沒有造成很嚴重的後遺症。如果身體出了什麼問題，還眞不知道有誰可以照顧自己呢。沒有父母，妹妹又遠在異國——這種心情大概和獨居的老人家們差不多吧。

「這不是柴田君嗎？」

「啊……妳好。」

叫住柴田的正是來醫院探望橋谷的平野牧子。平野和柴田是因爲學園祭的籌備而認識，兩人平素並沒有什麼來往。

平野走向柴田，「柴田君來看診？」

「是的，有點不舒服。」柴田看著臉色蒼白的平野，問道，「平野君身體也不舒服嗎？臉色很難看呢。」

平野嘆口氣，「是嗎？臉色難看也是正常的吧……」

「咦，發生什麼事了嗎？」

「跟我住在同棟大樓的同學橋谷今早被人發現昏倒在維修中的電梯裡，因爲連絡不到她的家人，所以我過來探望她。我剛剛去了一趟病房，她注射了鎮靜劑之後正在休息，但據護士小姐說，橋谷像是受了什麼很大的刺激。到院時情況非常不好，因此她們只好為她注射鎮靜劑。」

「大概是受到了很大的驚嚇吧。若被關在電梯裡很久，任誰也受不了呢。」柴田安慰平野，「橋谷同學應該不會有事。」

「希望如此……」平野仍心事重重，「對了，妳知道前岡會長失蹤的事吧？」

「嗯，有聽說。不知道現在怎麼樣了。」

「奇怪的是，能澤也不見了。」

「妳說的是副會長能澤同學？！」

「是的。」平野眉頭深鎖，「今天想要連絡能澤，但她一直沒有接電話。這樣下去學生會怎麼辦呢……」

「奇怪了，能澤同學和前岡同學，該不會發生什麼事了吧。」柴田登時有種不祥的預感。

平野想了想，「對了，聽說在女宿七樓發狂的那個新城典子也住在這家醫院呢，柴田君，雖然冒昧，但我想請妳陪我去看看……」平野心想著，自己一個人似乎提不起勇氣。

柴田看看錶，確認時間還夠，於是便點點頭，「走吧，我們一起去看看新城同學。」

□

「什麼?要來探望那個新城啊?!」

櫃台後方的護士小姐們不約而同露出了不愉快的表情，與其說不愉快，還不如說感到困擾。

柴田好奇地問，「請問——新城的狀況很不好嗎?」

其中一名護士小姐挑挑眉，「精神狀況有問題的人，大都是那樣。」她從牆上的鐵盒裡找出鑰匙後走出櫃台，向柴田和平野說道，「我帶妳們過去吧。不過要有心理準備，這位患者有時還滿嚇人的。」

柴田和平野互望一眼，不知該如何說些什麼，只好默默地跟在護士小姐身後，穿過長長的走廊以及幾道門，最後來到一處像是無人走動、明亮但十分寂靜的病房區。

護士小姐在空無一人的櫃台前找出了訪客登記簿，讓柴田和平野簽了名之後，還蓋上了自己的姓名章，這才帶著她們繼續往內走去。

這區似乎是專門照顧病況不至於需要移至精神病院，但又不適合在家護理的精神病患。走廊上一扇扇灰白色的門並列，狹長的走道和低矮的天花板讓柴田感受到了強烈的壓迫感。

「就是這裡。」護士小姐打開了掛有新城名牌的門，將鑰匙放入口袋，「我在走廊，有事請叫我。」

「好的，謝謝。」柴田道謝後，尾隨平野走進了新城的病房。

病房裡空間很小，只有單人床和擺著電視的床頭櫃，其他部份隔成了衛浴設備。光禿禿的牆上掛著便宜的花卉畫作，一看就知道是印刷品。而新城典子正好整以暇地坐在床上，灰藍色的薄毛毯蓋住了下半身。她穿著白色睡衣，神情平淡，既沒有瘋狂扭曲的表情，也不是呆呆傻傻的樣子。

「新城同學，我是平野。」平野率先開口。

「嗯，好久不見了。」新城典子先看看平野，接著再看看柴田，「這位是？」

「初次見面妳好，我在學園祭籌備會議中擔任記錄，敝姓柴田。」

新城像是個沒事人般點頭致意，「平野和柴田同學一起來找我，是有什麼重要的事嗎？」

「這個嘛，其實是這樣的……」平野鼓起勇氣，「我們想知道，那天晚上在女宿七樓，到底發生了什麼事。」

新城看看平野和柴田，戴著眼鏡的雙眼透著一股力量，「……大家都覺得我瘋了，知道為什麼嗎？就是因為我坦白地說出我看見了什麼，所以呀，大家都覺得我瘋了，是個瘋子。妳們，確定想知道我的說法嗎？」

「是的。」柴田毫不猶豫地說道，「新城同學，我想知道。」

平野遲疑了一下，才點點頭，「請告訴我們吧。」

新城像是要上台試鏡似的，深深呼吸著以保持鎮靜，她緩緩說道，「那天晚上，我和能澤都接到了前岡打來的電話，很怪，前岡說她不能回來了。後來我到了前岡所住的女宿七樓，然後——然後看到了渾身是血的前岡身影，她指著某扇窗戶……接著，我醒來時就發現自己在醫院了。」新城的聲音到後來已開始發顫。

柴田追問，「妳說，妳看到了渾身是血的前岡身影，是身影而不是前岡本人？」

「是、是鬼魂、怨靈之類的！」新城忽然瞪大眼看著柴田，「從膝蓋以下就變淡了，妳說，人類怎麼可能以那種樣子存在著？！」

雖然柴田相信這世上什麼都有可能存在、發生，但聽到新城典子的說法時，她仍然吃了一驚。而平野臉上則是寫滿了不可思議與難以理解的神情。

柴田點點頭，接話，「如果是那樣，難怪新城同學會這麼害怕。」

「沒人理會我。」新城典子忽然冷笑，「妳們是眞的相信嗎？不要裝出假裝相信我的表情。平野，妳相信我說的話嗎？嗯？」

平野一驚，「我、我不知道。」

「那麼這位初次見面的柴田同學呢？」新城典子咧嘴笑了。

柴田感受到一絲恐怖的氣息，輕輕點頭，「相信。」

「不覺得我是瘋子嗎？我說我看見了前岡的幽魂，爲什麼會相信呢？其他人都不相信呀！」新城繼續笑著，笑容愈來愈駭人。

「我相信世上有鬼魂。」柴田鎭靜地說道。

新城的笑容凝結，忽然高高抬起頭，「……我做了夢，夢到前岡被吊起來，吊在某間暗暗的房裡，穿著奇怪的和服喔。」她像是要抬頭看穿天花板似的，儘可能將脖子伸長、再伸長。

平野牧子渾身發冷，心中的害怕與不安十分強烈，她忍不住直接拉著柴田跑出了新城的病房。當然，就在此時，柴田也在毫無準備的情況下看到、讀到了平野牧子的恐懼。

當新城典子在女宿七樓看見前岡並開始尖叫之後，恰巧也在女宿和朋友聊天的平野其實親眼目睹了新城那時的情況，新城那猙獰的臉孔，眼珠像是要脫離臉部似地，瘋狂又不絕於耳的尖叫，這些令人害怕的記憶全都反射到了柴田心裡。會露出那種幾乎不像人類的表情，新城說的話應該是真的——看到了前岡——換句話說，以那種姿態出現的前岡……恐怕已經不在人世了吧。

「咦，要走了嗎？」護士走了過來，將新城的房門鎖上。

「是的，謝謝。我們要離開了。」柴田匆匆說道。

護士小姐不解地目送著被平野拖走的柴田，帶著幾分無奈地搖搖頭，隨後也邁開腳步走回護理站。

等到柴田、平野和護士都離去之後，新城典子的房裡傳出了愉快歡欣的斷續歌聲，「籠子，籠子，籠子裡的鳥兒，何時才會飛出來？黎明之前，白鶴和烏龜滑倒了，在你背後的是——誰？籠子，籠子，籠子裡的鳥兒，何時才會飛出來？黎明之前，白鶴和烏龜滑倒了，在你背後的是——誰？」

「……平野君，妳還好吧？」

平野這時才鬆開手，滿臉歉意地對著柴田說道，「眞是抱歉！我、我只是突然想起那天晚上的事……那天晚上新城眞的好可怕……我……」

柴田扶著平野，讓她在走廊長椅上坐下，說道，「沒關係，妳先休息一下。」

平野低著頭，雙眼盯著地板。

柴田到販賣機買了杯咖啡，遞給平野。

「……能澤一直沒有回我電話，我有一種很不好的預感。」平野的手心感到咖啡的溫度，但全身仍感覺發冷。

「能澤同學應該不會有事的。」

「還有另一件奇怪的事。」

「是什麼事？」

「今天早上我要出門時，大廈管理員告訴我，另一位同校的同學橋谷眞央在電梯裡昏倒了。其實，我來醫院這裡，是爲了要探視她。但是橋谷被注射了鎭靜劑，現在正昏睡著。雖然橋谷和學園祭什麼的沒有關連，可是我總覺得接二連三發生事情，眞的好可怕。」

柴田點點頭，突然想起九条來訪時提起的，二十幾年前的女學生失蹤案。她閒聊似的問道，「平野同學，妳對朱鷺館的歷史清楚嗎？」

平野搖搖頭，彷彿這個問題並不重要，「只知道它是創校人宮木銀之介以前的住所，後來捐給學校。好像……好像只使用過一陣子，之後就封閉起來，直到今年才重新開放。」

「喔喔，原來如此。」柴田想了想，「回去前要不要再去看看橋谷同學？說不定她已經醒了。」

「嗯？去看橋谷嗎？是啊，本來就是爲了她才過來的。」平野苦笑。

橋谷眞央被安置在一間單人房，仍然沉睡著。護士只說了橋谷被送來後曾經清醒過來，然後因爲受了驚嚇所以胡言亂語，跟之前告訴平野的說法並沒有兩樣。柴田看著平野站在病房門前和護士詢問情況，突然覺得這正是好機會。

柴田深呼吸一口氣，伸手，抓住了橋谷的手腕——就在那瞬間，如黑色浪潮激衝而來的恐怖記憶就這樣吞噬掉了柴田的意識——

那雙手，那雙只剩骨骸的手……

是能澤千春嗎？莫非能澤已不在人世……

血的味道、恐懼、疼痛……

能澤，橋谷不是妳的朋友嗎？爲什麼要……

「柴田？！」平野牧子的聲音打斷了柴田。

柴田鬆開了橋谷的手，呼吸急促，緊貼著冰冷的水泥牆。

平野呆了呆，「妳怎麼了？看起來……好像被什麼嚇到了。」

「我、我……我沒什麼，突然有點頭暈……」柴田笨拙地摸摸額頭，「大概是有點感冒吧。」

「要坐下休息嗎？妳臉色好蒼白。」

「不，不用了，待會兒就沒事了。」柴田勉強揮揮手，示意自己沒事，她扯開話題，「對了，橋谷同學怎麼樣了？」

「跟之前的說法差不多，應該是受到了驚嚇，然後還有點缺氧什麼的。」平野注視著柴田，「不過，比較奇怪的是，橋谷在清醒時一直喊著頭皮、頭皮什麼的。」

「頭皮？」

「嗯，好像覺得頭皮受了傷還是流血……」平野牧子走近病床，低聲說道，「可是，根本沒有外傷的痕跡對吧？」

「的確完全看不出來。」柴田說著，但她卻在剛剛的接觸中清楚看到那雙骨手的確撕裂了橋谷的頭皮，鮮血沿著她的臉涔涔而下。

「太奇怪了。」平野抱著自己的臂膀，無力地搖頭。

病床上的橋谷眞央雙眼緊閉，並不是呈現安祥的睡相，而是微微皺眉，似乎被什麼事情困擾著。

「我看我們還是先走吧。我想到朱鷺館去一趟，平野君要一起來嗎？」

「去朱鷺館？」平野想了想，「也好，不知道能澤會不會在那裡。那麼就一起過去吧。」

耳裡聽著平野的話，柴田不置可否，但心裡卻十分清楚，橋谷在電梯裡見到的就是能澤，能澤早已喪命。但爲什麼會以如此恐怖的形象示人，柴田卻一無所知。

雖然橋谷見到的其實都是虛妄幻覺，但能澤千春又爲什麼要這樣對待橋谷呢？她是要傷害橋谷嗎？不，若是要傷害橋谷，憑藉著強大的怨恨，能澤的念力即使殺了橋谷也綽綽有餘；如果不是要傷害橋谷，那又是爲了理由要以這種方式顯靈呢？柴田百思不得其解。

第七話・鬼屋

和平野一同回到羽衣大學的路上，柴田腦子裡一直迴響著之前九条來訪時所說的，二十幾年前，在學園祭舉辦之時，一名女學生神宮寺雅子失蹤的案件。時隔那麼久，即使是謀殺案件，但也因爲時效已過而無法逮捕任何人。而如今，前岡美羽已確認失蹤，副會長能澤千春下落不明，幾乎可以確定已經遇害。究竟這時隔二十多年的失蹤案之間有什麼關連呢？如果新城典子所說是眞的，那麼可以確定的是，前岡也已不在人世——等等，新城、橋谷——新城和橋谷分別看見了前岡和能澤的怨靈……這到底是……

朱鷺館就在眼前。

外表仍然十分氣派的朱鷺館，已在大門出入口掛上了驚奇鬼屋的招牌，幾名學生會成員搬來了梯子，正把一幅畫著恐怖小丑的海報，吊上二樓的陽台。柴田站在原地，雙手插在大衣口袋裡，心中突然浮現一個念頭。「神宮寺的失蹤，該不會也和朱鷺館有關吧？」但，這卻是毫無根據的想法。

這時，一旁的平野牧子已加快腳步迎上前去。

「驚奇鬼屋的進度怎麼樣了？」平野問一名離自己站得最近的男生。

「喔，是平野啊。鬼屋裡已經設置好兩具妖怪了。」

「這麼快……」

「是啊，《四谷怪談》的阿岩和《牡丹燈籠》裡的阿露都放好了。我跟妳說，這次道具組實在太厲害了，那個假的阿露差點沒把我嚇死。」那名男生說道。

「《牡丹燈籠》裡的……阿露？」

柴田呆了一下，她總覺得有些不對勁，《牡丹燈籠》，一聽到《牡丹燈籠》，便有種怪異的感覺產生，但又說不清楚是哪裡有異。

……是哪裡不對勁呢？

……喀、喀喀喀、喀喀……

「是木屐聲。」柴田喃喃低語，沒有任何人聽到，「那天聽到的……牡丹燈籠的……」

「柴田同學，走吧，一起去鬼屋看看。」平野說著，指了指驚奇鬼屋高高掛起的招牌，「一起去吧。」

一樓的驚奇鬼屋外，開始掛起各式各樣的裝飾。不知道是誰負責的，在窗上掛了大正初期的老舊人體解剖圖，看起來眞是令人頭皮發麻。另外還垂吊著長短不一的鐵鏈條，它們即使在無風的狀態下，仍會偶爾輕輕搖擺，彷彿有隻無形的手在撥弄似的。

平野不以爲意地走進鬼屋，此時屋內由於早已經拆掉大部份的電燈，以完成天花板裝置而顯得十分暗。柴田緊緊跟在平野身後，走過放置著假電鋸、準備營造皮臉屠殺場景的木桌後，馬上就看到了穿著染血華麗和服，在白骨上戴著假髮，手提牡丹燈籠的阿露。

濃厚的腥味撲鼻而來。

平野皺眉，「這也太眞實了吧……連味道都做出來了。」

白骨上不知道用什麼特殊材質，製作出了血肉、皮膚還沾黏附著在骨骸上的樣子，被挖出的眼眶還帶著濕潤感，彷彿隨時都會滲出血來。從衣袖伸出來的部份是半截殘留著血絲的白骨；和人骨模型不同，這具萬分逼眞的屍骸，帶著淡淡的血色。是特殊化妝的緣故吧，平野想。

柴田不敢抬頭看，但垂下頭時卻見到了白骨阿露的腳上還掛著一雙二齒木屐。

……喀喀、喀喀、喀……

是阿露。

就像《牡丹燈籠》故事裡那樣，每到了夜晚，化作白骨的阿露，就會踩著木屐，提著燈籠，來到愛人新三郎的住處。而那木屐的喀喀聲正是每夜她來臨時發出的恐怖前奏。

「對不起，我，我有點不舒服……」

柴田奪門而出，掩著口鼻衝出了鬼屋。

□

森崎獨自坐在電腦前，但卻什麼也沒做。該交出去的論文還有一大段結語沒寫，手邊的草稿早已準備好，只要鍵入電腦即可，但在電腦前枯坐了一上午，卻只打了幾個字。

……昨晚從料亭離開後，又去喝了酒。結果回到宿舍時，好像對柴田做出了什麼不得體的行爲……雖然不至於是什麼犯法的事，但爲人師表酒後失態，實在也太愚蠢了點——

「教、教授……」柴田手力地推開研究室的門，筋疲力盡似地倒在那張會客用的單人沙發上。

「妳沒事吧？」森崎連忙從座位上跳起，衝向前去，在柴田身邊蹲下。

因劇烈奔跑而幾乎快喘不過氣的柴田，此刻滿臉漲紅，說不出話來。

「我倒杯水給妳。」

接過森崎遞來的水，柴田一口氣喝下半杯，但最後卻嗆咳起來。

森崎拍撫著柴田的背，「妳不要緊吧？跑得這麼喘好像不該倒水給妳，眞抱歉，是我疏忽了。」

「咳咳……咳、咳咳咳……不、不要緊的……我還好……」柴田將水杯還給森崎，說道，「能不能……請您連絡九条警部？」

「要找九条？」

「是的，有點事想請九条警部幫忙。」

柴田用力拍著自己的胸口，彷彿這樣就能順利吸入氧氣。啊，醫生才叫我不能做劇烈運動的……可是我也沒辦法啊。柴田在內心感到悲哀。

森崎感覺事態緊迫，沒問理由便拿出手機。

□

「什麼？連續失蹤？」九条吃了一驚。

柴田連忙解釋道，「不，我只說『可能』是連續失蹤……畢竟能澤千春是從昨天入夜之後才沒有消息。」

「不過，連靈體都看到了，如此一來，怎麼還可能活命呢？」九条說道。

「但是，那是透過橋谷的記憶，我雖然感覺到橋谷認定那是能澤的怨靈，但中間會不會有錯，其實我並不清楚。」

「總覺得不太單純啊。我過來之前，打電話問了同事，的確已經有人替前岡美羽報案了，她的家人在今早已做過詢問筆錄，她沒有和家人連絡。手機的通聯記錄倒很神奇——」九条停頓了一下，說道，「新城典子和能澤千春不都表示有接到前岡打來的怪異電話嗎？這不太可能，因爲從晚上六點之後，就沒有通話記錄了。未接來電倒是有，但手機已關機，所以不可能有已接或已撥出的電話。」

柴田和森崎聞言一驚，一直沉默的森崎終於開口，「這麼說來，新城和能澤接到的電話——」

「能澤現在下落不明……那麼，新城……新城的手機！只要找到新城的手機就可以了！」柴田叫道。

「……但也有可能是變造號碼的情況。」九条咬著一根酷似香菸的巧克力棒，說道，「不過，羽衣大學也眞是個鬼地方啊。」

「什麼意思？」森崎問。

「之前我不是提過二十多年前女學生神宮寺雅子失蹤案嗎？聽說她也是負責學園祭的學生會成員之一，那年也是在朱鷺館準備驚奇鬼屋呢。這還眞是有趣的巧合啊。」九条從提包中拿出一份資料，「這是神宮寺雅子家人的詢問筆錄。我上次有提過吧，她的弟弟做了惡夢，說見到神宮寺雅子渾身是血的樣子。」

「惡夢……和柴田所說新城、橋谷見到怨靈的情況也有點像呢。」森崎說道，「這些事件應該有所關連吧。」

「但是時隔二十幾年，這樣不是很怪嗎？如果是連續殺人魔做的，那麼他這二十年來爲什麼沒有繼續犯案呢？」九条思考著。

「那個，我……」柴田猶豫了一會兒，說道，「我想去……拜訪神宮寺家。特別是那位聲稱看見神宮寺雅子在夢裡出現的弟弟，我想見見他。」
「這樣啊，倒也不是不行。老實說我也想過要去拜訪他。不過我最近不太方便出遠門就是了。」九条說道。
「因爲要安胎的緣故？」森崎開玩笑。
九条白了森崎一眼，「被說中了。我家那位嚴格限制我的行動，太可怕了。」
「呵呵。那麼，我去拜訪神宮寺家好了。」柴田說道。
森崎接話，「我也一起去吧。兩個人才能互相照應。神宮寺雅子的老家在哪裡呢？」
「伊豆。老家是經營溫泉旅館的樣子，但是我前陣子請當地的朋友去探查過，神宮寺家雖然還住在當地，但好像把土地都賣給財團，開發成溫泉別墅，小木屋那種形式，現在好像並沒有經營任何生意了。不過，若是賣了幾億的土地，應該也不愁吃穿了吧。」九条從卷宗裡找出一張約六孔記事本內頁大小的紙張，遞給森崎，「這是神宮寺家的地址。」
森崎接過之後點點頭，「謝謝。」
九条看看錶，「時間不早了，我得先走了。朱鷺館的調查我也會持續進行。」

柴田問道，「要進行潛入搜查嗎？」

「學生會的成員待在朱鷺館的時間很不一定吧？這樣可能有點麻煩，我再考慮看看。不然的話，被當成小偷捉住就麻煩了。畢竟現在可沒有證件可以亮出來嚇退大家啊。」九条輕鬆地說道。

□

「什麼，能澤也不見了？」學生會另一位副會長折原啓吾俊朗的臉上浮現不可思議並帶著焦慮的表情，「平野，妳確定嗎？」

「電話完全連絡不上，住的地方也沒有人——我還請管理員先生確認過了，能澤她眞的沒有回去住處。」

「能澤有沒有男朋友呢？說不定……」

平野搖頭，「沒有。雖然有追求者，但卻沒有交往的對象。折原，我看還是報警處理吧。」

「我是不反對報警，可是……爲了前岡失蹤的事，大家已經很不安了。再加上能澤，我看全校都會陷入恐慌吧。」

「恐慌有什麼重要的?重要的是怎麼找出前岡和能澤才對。」平野激動不已。

折原連忙安慰平野，「好，我知道了，我馬上通知校方。不過，這樣學園祭的籌備勢必會變得一團混亂……」

平野冷冷地說道，「事到如今，學園祭難道還有那麼重要嗎?」

折原啓吾不情願地答道，「不然呢?大家投注了那麼多的心血在這裡，誰知道前岡和能澤是不是因爲私事所以才故意不出現的?妳也不能保證吧?如果到最後她們根本不是失蹤，那把事情鬧大的我們又算是什麼?」

「難道你一點都不擔心同學的安危嗎?」

「我怎麼可能不擔心呢?可是，妳也知道，她們都是成年人，說不定有什麼事得處理啊，不見得就是遇到危險什麼的嘛。更何況，能澤她就連是不是回老家去了這也都還不確定啊。」折原啓吾瞪著平野。

平野怒道，「世上哪有這種巧合?前岡失蹤，能澤也接著不見了!」

折原冷言冷語，「說不定她們倆約出去決鬥去了，現在正抓著對方的頭髮在泥漿裡摔角呢!」

「折原你——」

「妳別激動。」折原擺擺手，「算了，我們兩個在這裡吵來吵去也不會有結果的。妳想通知校方，沒問題，我一定照辦——反正學園祭被毀掉也不是第一次了。」

平野聞言登時冷靜下來，「學園祭被毀掉也不是第一次？這是什麼意思？」

「那是管理朱鷺館的老工友說的，二十幾年前的某次學園祭因為有女學生失蹤，所以籌備得一團混亂，後來開幕當天，失蹤女學生的家人還帶記者來學校大鬧，上了新聞。」

「那之後呢？失蹤的女學生呢？」

「還是下落不明吧。誰也沒辦法證明那名女學生就一定是在學校失蹤的吧。後來的事我也不清楚，只知道那次的學園祭被那位失蹤女學生的家人搞得一場糊塗，亂七八糟。」折原不耐煩地看著平野，「現在可不是閒聊的時候，我還要忙著佈置驚奇鬼屋，先走了。」

「折原，等一下。」平野看看錶，「已經晚上八點多了，大家都走了，你也回去吧，不要一個人待在這兒。」

「怎麼，擔心我也會突然失蹤嗎？」

平野想起最後一次見到能澤，能澤也堅持獨自留在朱鷺館，心中便充滿不安，於是勉強地點點頭，「我很不安。最後一次見到能澤，她也是說要一個人留下來把事情處理完。」

折原本想開幾句玩笑，但見到平野凝重的神情，於是便嘆了口氣，「我是個大男生，不會有事的。」

「但……」平野搖頭，「你別冒險，眞的。我一直有不好的預感。」

「這樣好了，妳在鬼屋外面等我一下，有個東西沒弄完，只要十分鐘就好；如果十分鐘之後我還沒出來，妳就直接衝進來救我或者打電話報警吧。」折原微笑著。

平野想了想，再度搖頭，「我跟你一起去鬼屋。」

「也可以啊，走吧。」折原聳聳肩，邁開腳步。

一樓的驚奇鬼屋因爲大家的努力而愈來愈像樣，不知道何時已將恐怖的紅髮人形小丑放在入門處。塗滿白油的臉和誇張的化妝，使小丑看起來無比陰森。平野記憶裡有一部專吃小孩的恐怖電影，裡面有個長著尖牙的小丑，總是悄悄地接近小孩，之後誘騙小孩到廢棄的馬戲團裡，將其殺害、吃掉。當她看見那具小丑時，不禁想起那部嚇人的電影，因而連忙轉過頭去。

「怎麼了嗎？」折原問道。

「被門口放的小丑嚇了一跳。」

「很逼眞對吧，剛剛我離開時還沒有呢。這次的道具道也不知道在玩什麼花樣，我看到了阿岩和阿露的假人之後，跟道具組的池田說做得非常棒，結果那傢伙竟然一臉疑惑說那不知道是誰放上去的，他們根本連第一個梅杜莎都還沒做好。眞是的。」

平野好奇，抬頭看著手提牡丹燈籠的阿露，「不是池田、稻內他們做的，那還會有誰……」平野話還沒說完，只見阿露左頸一塊黑色的皮肉就這樣掉了下來，正巧落在平野肩上。

「啊！」平野本能地輕呼一聲，想用手拂去，但當指尖觸碰到那塊變黑的皮肉時，一股嚴重的反胃感直竄心口。

「妳在幹嘛？」拿著螺絲起子固定齒輪的折原轉頭，只見平野傻站在原地，手上捏著不知道是什麼東西。

折原走近平野，「喂，平野，怎麼了？」

平野顫抖著抬頭，將手上的那塊皮肉靠近折原，「……這是從阿露上身掉下來的，是眞的腐肉……」

「別說傻話了，這是特殊材質，電影用的那種！」折原一把搶過，但那滑溜的觸感和臭味都不停地打擊著他，折原定睛看著手上還微微滲出血水的肉片，全身發毛，「怎、怎麼可能……難道……」

「是屍體……」平野抓住折原，慌張不已，「你仔細看，仔細看啊！」

「才、才不會……」

折原被平野一把推向恐怖的骨骸阿露，的確，那股屍體才有的難聞氣味在空氣中如此明顯。

「嗚哇！」

忽然，一襲鮮艷的彩衣在兩人面前出現，紅髮小丑戴著誇張的球狀紅鼻子，手上抓著幾顆拋擲用的玩具球，無聲地露出笑容。

「你是誰——」折原反手把平野拉到身後。

「嗒啦嗒啦嗒啦……」

紅髮小丑戴著手套的手抓著球，猛然朝折原扔去，折原和平野一閃，躲過了這一記，但第二記卻確實地打中了平野的後腦。

「啊！」平野大叫一聲，腳步失去重心，眼前一片花，她靠著牆勉強撐住身體，手一摸，感到後腦一片濕潤，指尖全是鮮血。「折原，救我……」

折原聽到了平野的求救，回頭一看，但就在此時，剛剛裝上的機關齒輪不知爲何轉動起來，一扇要裝上鬼怪來嚇人的暗門忽然打開，重重地擊上了折原。折原猛然摔倒在地，這時小丑一個箭步上前，一把極鋒利的小刀就這樣刺入了折原背部直至沒柄。平野張大了嘴，卻發不出任何聲音，她看著折原在眼前努力站起又倒下，看著折原想抓住那名小丑，那小丑卻像在跳舞慶祝似地，折原的指尖始終都碰不到那名小丑……小丑跳舞，在跳舞……哼著歌跳舞……

「籠子，籠子，籠子裡的鳥兒，何時才會飛出來？黎明之前，白鶴和烏龜滑倒了，在你背後的是——誰？黎明之前，白鶴和烏龜滑倒了，在你背後的是——誰？白鶴和烏龜滑倒了，在你背後的是——誰？」

平野眼前一黑，身體萎倒在地，什麼都看不到了。

第八話．神宮寺的指控

靜岡縣伊豆市修善寺

搭乘伊豆箱根鐵道駿豆線，在修善寺站下車的柴田和森崎，兩人都是第一次來到伊豆。對於小說《天城山奇案》十分著迷的柴田，親自來到了文中提過的修善寺，心中感到雀躍不已。受到柴田笑容感染，本來從一開始就萬分擔心旅途尷尬的森崎，在到達修善寺後似乎也終於露出的放鬆的笑容。

在附近的拉麵店吃完午飯後，森崎和柴田按照九条提供的地址搭上計程車往下田街道移動，最後在狩野川岸邊下車。

雖然距離狩野川還有一段距離，但隱約可以聽到河水川流的聲息。神宮寺家大約在十年前搬來此地，據說座落在能夠清楚看見狩野川的河岸旁，附近沒有其他住家。柴田帶著旅遊的心情散步著，大約花了十分鐘左右，就找到了九条口中像是廢墟一樣的民宅。

那是一棟L型的一層樓高日式木造平房，門口有塊寬敞的空地，附近被濃厚的綠意包圍，古老陳舊的外觀和深色玻璃窗門看起來年久失修，彷彿多年空屋似地到處聚積著灰塵與蛛網，屋頂上的深色瓦片幾乎完全變黑。

森崎率先走向大門，確認門邊確實掛著神宮寺家的門牌。「是這裡沒錯。」說完，朝著門內叫道，「抱歉打擾了，有人在嗎？」

柴田這時也走上前，從另一側緊閉著的窗戶張望。「……這邊的窗戶看起來很久都沒開過，不知道還有沒有人住……」

「我想九条警部的資料應該不會——」森崎話還沒說完，便被「唰啦」一聲的開門聲打斷。

站在拉門後的，是一名年約四十左右，前額微禿，身高約一百七十公分，體型十分普通的男子。男子長相毫無特色，浮腫的單眼皮和細長的鼻子組成一張有點搞笑的臉。他穿著卡其色羊毛內衣和灰色束口運動褲，頭髮亂成一團，脖子上掛著一條發黃的棉質毛巾，彷彿剛睡醒。

「找誰？」男子吼道。

「您好，敝姓森崎，請問這裡是神宮寺家嗎？」

「廢話！不認識字嗎？門牌上不是有寫？」男子打量著森崎的高級大衣，

「——你是戶政事務所還是哪裡派來的官員還是議員助理什麼的？」

「您誤會了，我們來自東京，其實是想要拜訪神宮寺家，想談談關於二十二年前神宮寺雅子——」森崎的話再度被打斷。

「什麼？！又是該死的警察是吧？」男子勃然大怒，用力地揮手，「夠了沒啊？事情都過了這麼久，現在又跑來騷擾我，這算什麼？滾，你們快走！」

「請等一下，您是神宮寺祐吉先生嗎？」柴田插嘴道，「我們要找的是神宮寺祐吉先生。」

男子轉頭看了柴田一眼，「小姐，妳找神宮寺祐吉幹嘛？」

「有些話只能和神宮寺先生談，請恕無可奉告。」森崎說道。

那男子不情不願地回頭，瞪著森崎，「我就是神宮寺祐吉。」

「神宮寺先生，關於令姊失蹤的事件我深感遺憾。」森崎儘可能使口氣和緩，「神宮寺先生，其實我們羽衣大學過來的，最近校園內再度發生了女學生失蹤的案件，爲了調查，所以才冒昧來打擾您，請您見諒。」

「喔？失蹤案？那跟我們家有什麼關係？都已經隔了二十幾年。」神宮寺祐吉哼了一聲，「而且，警方不是認爲我姊姊很有可能只是逃家還是私奔什麼的嗎？爲什麼現在又覺得會和失蹤案有關連？該不會現在失蹤的是什麼大人物的女兒，所以才把我姊姊當作線索，重新調查吧？」他頓了一下，暴吼，「人都已經死了那麼多年，現在來查又有什麼用？！」

「神宮寺先生，請冷靜點。」

森崎藉機抓住了神宮寺祐吉憤怒揮舞的手腕，剎那間許多回憶宛若利箭般射入了森崎的腦海中。

朱鷺館——

長髮的女孩子——

吉野櫻的樹下——

家族合照——

「快放開！你們滾回去！即使現在捉到了殺害姊姊的兇手，那又如何？時效都過啦，都過啦……」神宮寺祐吉聲音變得嗚咽，「爲什麼……爲什麼大家一開始不聽我說呢……姊姊眞的是被殺害的……」

「被殺害的？」森崎忍住渾身顫抖，鬆開了神宮寺的手腕，「知道是被誰殺的嗎？」

神宮寺祐右無力地在玄關門口蹲了下來，「……沒人會相信的。」

「請您說說看嘛。」柴田勸說。

神宮寺抬頭，看著柴田的臉，「小姐啊，我要是說我姊姊雅子，是被妖怪殺掉的，妳會相信嗎？」

「妖怪是嗎？我相信啊。但，是什麼妖怪呢？」柴田正色地應道。

神宮寺祐吉注視著柴田，確認柴田並不是在開玩笑之後，說道，「二面女。」

「二面女？」

「對，就是，在後腦還另長著一張臉的女人。」神宮寺惱恨地說，「好吧，盡管恥笑我沒關係！是二面女，是那妖怪殺了雅子姊姊！我夢到了好多次，不會有錯的！」

森崎點點頭，「神宮寺先生，您不要激動。」

「怎、怎麼能不激動呢？」神宮寺捂住臉，「……雅子是個好姊姊……從小……一直保護被欺負的我……那麼溫柔的姊姊……她到底是做錯了什麼，爲什麼找上她呢……我，我卻什麼都沒辦法做，沒辦法報仇也沒辦法找出她的屍首……我是個沒有半點用處的弟弟啊！」

「不，別這麼說。您提供的情報很有幫助。」森崎說道。

「少來了！警察他們根本完全不相信！你們也一樣吧！」神宮寺祐吉站起身，揮舞雙手，「走開！走開！別來煩我！別再來煩我！」大吼之後，神宮寺用力啪地拉上大門，力量之大，連附近牆角的灰塵都被震下了。

柴田低聲問森崎，「您看到了什麼嗎？」

森崎注視著被緊緊關上的門，「走吧，邊走邊說。」

□

坐在車站前樸素的喫茶店裡，服務生送上了熱咖啡和熱紅茶後告退。森崎已經很久沒有從他人身看到那麼震驚的記憶，他靜靜地嚐了一口咖啡後放下杯盤。

「神宮寺祐吉說的是眞話。我看到了他的夢境。有個很像是二面女的妖怪，把神宮寺雅子綁在桌上，殺害了她。」

「像是二面女？」

「跟一般看到的妖怪模型有一點點出入，最近的二面女，在頭部後方的那張臉上，鼻子都非常長，鼻尖還長出了手。但也有其他版本是畫成，頭部後方的臉，臉頰上長了一雙手。」

「那祐吉先生夢裡的呢？」柴田問。

「頭部後方的臉上並沒有長出手，就很單純是一張女人的臉。因爲是瞬間湧來大量的記憶，所以我也並不確定是不是妖怪二面女——但，的確沒有長出手，這很可以確定。」森崎一邊說，一邊感覺到不可思議。

「雖然說，經過了上次的事之後，我覺得自己什麼都相信了，不過現在聽了祐吉先生的話，還是覺得有點無法相信。殺人是需要動機的，二面女這妖怪，爲何會殺害神宮寺雅子呢？這點我無法理解。」柴田說道。

「殺害神宮寺雅子的理由嗎……從神宮寺祐吉的回憶看來，他也不知道理由或是動機。神宮寺雅子的事件，跟朱鷺館應該有關。」

「朱鷺館？」

「有一個畫面是神宮寺雅子站在朱鷺館前，祐吉先生大概不記得或不知道地點是哪裡吧。」森崎思考著，「如且不論我所看到的那些記憶畫面，回到事件本身來看，失蹤的能澤和前岡是學園祭的主辦，又有很長的時間待在朱鷺館，因此，我認為還是應該徹查朱鷺館的情況。」

「那麼該如何進行呢？」

「回到學校後，晚上去朱鷺館看看吧。白天人太多了，沒辦法好好處理。」

□

神宮寺祐吉在堆滿雜物的客廳中坐下，憤憤地抓起茶几上的菸和打火機。他啣著菸，點燃後將打火機狠狠甩拋出去，打火機不知道擊中了什麼，發出清脆的哐噹聲後才落地。

「……可惡……」

祐吉抓著頭髮，眼角餘光掃視到在一旁櫃子上的家族合照。那是雅子高中畢業典禮的照片。

「現在再來調查，又有什麼用呢？」祐吉自言自語地笑著，眼角卻溢出淚光，喃喃說道，「只會傷害到無辜的人，對吧？」

彷彿在回應祐吉的話，那張家族合照竟從相框的周圍悄悄往內滲血，鮮血色的液體一下子便淹沒了整張照片。

□

森崎與柴田的回程和去時一樣平順，唯一不同的是，在三島站換乘JR新幹線小玉號時，森崎花了不少時間在撥打手機，談話內容似乎是和朱鷺館有些什麼關係，又好像也問了一些關於朱鷺館捐贈者宮木銀之介的問題。

「問到了一些情報。」一上車，森崎便說道，「朱鷺館是羽衣大學創校人宮木銀之介在東京原本的住所，在宮木的第一任夫人死去後，他就將朱鷺館捐給學校，但附有一項很特別的要求。」

「什麼要求？」

「宮木銀之介表示，地下室的東西，有朝一日會來取回，請不要去翻動。」

「但，朱鷺館有地下室嗎？爲什麼我一直都沒有注意到呢？」柴田沉思。

「據說是有的。」

「等一等，宮木銀之介——他不是在前幾年已經過世了嗎？」

森崎嚴肅地點點頭，「據我的了解，他臨終前還曾經派人通知校方，不要動他的地下室。」

「那麼地下室……感覺問題很大呢。」柴田猶豫了幾秒，「其實，我很好奇，消息提供者是哪位呢？」

森崎苦笑，像是早有預料般地開口，「我前妻的父親。」

「啊，是那位政治家，小松榮太郎。」

「因爲小松家和宮木家往來非常密切，又有多年交情——其實一開始我是致電給宮木校長，現任的宮木校長是宮木家的女婿妳知道吧？但是宮木校長反倒提醒我，可以直接和我岳父連絡，畢竟他和宮木銀之介是多年的好友，說不定還比較了解朱鷺館的情況。因此，我才和岳父連絡的。」

「那麼，小松先生知道地下室裡放著的是什麼嗎？」

「聽說是很重要的物品，而且，宮木銀之介本人爲了那些東西感到非常傷腦筋。當年宮木的第一任夫人懷孕時，宮木爲她興建了這棟朱鷺館，以夫人的名字命名，可是後來好像夫人難產，孩子死掉了，宮木和夫人感情開始失和，夫人的身體愈來愈差，很快就病逝了。之後，宮木銀之介感到自責，又觸景傷情，於是搬出了朱鷺館，並把朱鷺館捐給學校。」

「眞是令人好奇，到底在朱鷺館地下室放置的是什麼呢……愈來愈覺得朱鷺館是個奇妙的地方了。」

森崎點點頭，「宮木銀之介再婚之後，就再也沒有踏進朱鷺館。現在他的子女全都是第二任夫人生的。朱鷺館的事，好像在宮木家族裡是件不想被提起的往事。」

「畢竟是令人難過的回憶吧……」

「這麼說也是。」森崎側著頭，「……地下室裡會放些什麼東西呢？距離捐出朱鷺館到現在已經四十多年了，放了四十多年也不會壞，也不急著去取的東西，到底會是什麼呢？」

此時在新幹線小玉號上的兩人並不知道宮木銀之介藏在地下室的是什麼，但是令人驚訝的答案，很快就會在森崎與柴田前揭曉，只是兩人還完全無法預測到即將發生的一切……

□

一名身材均勻的女子悄然站在櫻花林中，春夜滿天飛舞的櫻花雨香氣襲人，景緻絕美。在櫻花樹下的女子輕輕抬起手，向神宮寺祐吉招手。

——來呀，來呀……

——姊姊？妳是雅子姊姊？

神宮寺祐吉呆呆地看著櫻花樹下的女子，只見女子穿著一件眼熟的外套，身影、髮型和神態看起來都十分熟悉。

——來呀，來呀……

那女子不停向祐吉招手，而祐吉不知爲何淚水奪眶而出。他踏著遲疑的腳步，緩緩接近女子。那名女子柔柔地轉身，但轉身之後露出的那張臉卻令人倒抽一口涼氣。

基本上，那張臉仍是祐吉十分熟悉的姊姊，神宮寺雅子的臉，但在原本該是雙眼的地方完全消失，只剩兩個深邃的眼洞。神宮寺雅子微笑著，沒有眼睛的臉浮起笑容，不停地招手，招呀招，招呀招……

——來呀，來呀……來帶姊姊回家……

森崎猛然一顫，從夢境中醒來。

身旁的柴田仍然閉著雙眼，似乎睡得很沉。

森崎從大衣中掏出手帕，拭了拭額頭的汗。心中不禁感到幾分恐懼，沒想到自己竟然會夢到剛剛從神宮寺祐吉身上讀取到的記憶……雖然只是零碎片段，但這對神宮寺祐吉而言，無疑是一種精神折磨。

森崎看看手錶，距離抵達東京還早得很，但此刻無論如何睡意已經完全消逝，就像神宮寺家後面那條奔流不息的狩野川似的，一去不回。

第九話・小丑

小丑微笑著，哼著童謠。

「籠子，籠子，籠子裡的鳥兒，何時才會飛出來？黎明之前，白鶴和烏龜滑倒了，在你背後的是——誰？」

有種說法是，這首童謠描寫的是難產亡母。

故事說，某個大家族裡立下約定，誰先生下繼承人，誰就可以獲得所有財產的支配權。然而，第一位懷孕的女人，卻受到其他各房的嫉恨，大家暗地裡詛咒她流產，最後，就在臨盆前，被人從樓梯上推下來。「籠子裡的鳥兒」是指腹中胎兒；「何時才會飛出來」指的是何時才會出生；「黎明之前」暗示快到臨盆之時；「白鶴和烏龜滑倒了」意思是吉祥長壽的象徵不再，也就是死亡；「在你背後的是誰」則是那個推孕婦下樓之人；也有說法認為「在你背後的是誰」指的是流產的嬰靈。

這首童謠，是小丑母親最愛的童謠了。

她總是在深夜裡，低低的，低低的哼著這首歌。

一面流著淚，一面哼著歌。

「籠子，籠子，籠子裡的鳥兒，何時才會飛出來？黎明之前，白鶴和烏龜滑倒了，在你背後的是——誰？」

小丑的媽媽在唱完那首童謠時，總會抹去上的淚水，然後重覆說著，「如果當時媽媽流產，那還比較好，對吧、對吧。」

「如果媽媽流產，就好了。」

「如果媽媽流產……」

不被祝福，沒有人喜歡的孩子，是這樣嗎？這世上只有媽媽喜歡，但是媽媽死掉了——死掉，老了，所以死掉了。可憐的媽媽，死之前還想著要見爸爸最後一面哩。死在這裡，又臭又暗的小房間，眞悲哀。那，小丑就不悲哀了嗎？是啊，這問題的答案是肯定的，就像媽媽說的，如果媽媽流產就好了，白鶴和烏龜爲什麼沒有滑倒？

最後卻變成了其他怪物——

小丑用指尖將桌上那本從孩提時就擁有的妖怪百科攤平，上面某段正畫著妖怪

「二面女」。和另一種廣為人知的「二口女」不同，「二面女」傳說是好的，善良的妖怪。是嗎？是這樣嗎？好的、善良的妖怪？也許吧。

小丑怔怔地看著「二面女」的圖畫，忽然間伸手撕裂了書本，將寫有「二面女」介紹的那頁撕下，隨手揉成一團扔向黑暗之中。

「籠子，籠子，籠子裡的鳥兒，何時才會飛出來？黎明之前，白鶴和烏龜滑倒了，在你背後的是——誰？」

再度唱完童謠後，小丑深深吸了一口氣。

小丑從房間一旁的書櫃裡翻找出一本舊書，書名是《二十世紀西洋百大恐怖驚悚電影選》。

在你背後的是——誰？

在你背後的是——誰？

在你背後——

小丑繼續哼唱著，把書翻到了介紹德州電鋸殺人狂那頁。

「德州電鋸殺人狂，一九七四……改編自艾德·蓋恩以及與之有關的連續謀殺事件……」

仔細地閱讀完書上的介紹，並且研究了照片之後，小丑將書本推到木桌的一角，小丑費力從地上提起了一顆被切下的長髮人頭，放在木桌正中，正經八百地構思起來。

房間角落，牆邊斜倚著一具無頭女屍，靠著無頭女屍的還有一具完整的男子屍體。很好，只要把女屍背部的皮剝下製成面具，那皮臉的造型就完成一大半了，再來是要準備圍裙和電鋸——

「籠子，籠子，籠子裡的鳥兒，何時才會飛出來？黎明之前，白鶴和烏龜滑倒了，在你背後的是——誰？」

小丑哼哼唱唱，對於接下來的計劃感到無比愉快，驚奇鬼屋裡怎麼能少得了揮舞著電鋸的皮臉呢？

「黎明之前，白鶴和烏龜滑倒了，在你背後的是——誰？」

□

「哇，稻內同學，眞有你的！」

「是啊，太厲害了。」

「做得眞像啊！」

「也未免太噁心了吧……哎喲，你是噴了什麼，還很臭呢。」

大家你一言我一語地評論著道具組組長稻內的作品，問題是稻內本人卻一頭霧水，他抓抓頭髮，根本不明白鬼屋裡這些逼眞的假人道具是從何而來。

「這個，我——」

稻內完全不知道這些東西的來歷，只知道每隔一兩天就會多一組設置好的假人，搞得自己好像完全不用做事，像是童話故事裡幫助鞋匠的小精靈眞的存在，每到晚上就會自動出現幫忙工作。

「太棒了，這次的鬼屋眞的好恐怖。」

「對啊，等到燈光什麼的設置好，一定更有氣氛。」

「不過，我覺得過份可怕了耶……」

「稻內你也眞是的，幹嘛弄成這樣？膽小的女生一定會被嚇哭。」

「嚇哭才好，可以藉機——」

「內藤眞是低級！到時我絕對不和你一起來。」

「哼，我也沒打算邀妳。」

「太可惡了。」

眼看著一大群學生會成員喧鬧著離開驚奇鬼屋，負責佈置的稻內正輝暗暗嘆了口氣，搖搖頭。他走回《四谷怪談》和《牡丹燈籠》的場景，雙手抱胸，百思不得其解。奇怪了，到底是誰佈置了這些恐怖的假人呢？

到底是誰……

要準備這麼逼真的假人很困難，一般人不會對學校的事這麼盡心盡力吧？就連他自己都不會——如果自己跟這些暗地裡佈置鬼屋的傢伙一樣認真，就不會直到現在連蛇髮女妖梅杜莎都還沒處理好。再這樣下去，進度一定會有問題的。

「算了，再想下去也不會有結果的。」

常常被同學嘲笑天然呆的稻內正輝也懶得費心思考，反正這也不是什麼壞事，說起來，是有人暗中替他減少工作量呢，哈哈，再怎麼說這也該算是好事一件吧……想到這裡，稻內便決定不再多想。

「不過，到底是誰這麼厲害……」看著被綁在假門上的阿岩，稻內忍不住感到噁心反胃，頭皮發麻，「逼眞，太逼眞了。」

□

在學校附近的家庭餐廳用過晚餐後，回到森崎宿舍時已經是晚上八點左右的事了。本來直接打算回到住處休息的柴田，因爲要拿一份資料而跟著森崎回到了教職員宿舍，沒想到卻導致了極尷尬的狀況。

正當森崎拿出鑰匙時，角落裡閃現了一束熟悉的美麗身影。

森崎和柴田不約而同露出驚訝的表情，也許正因如此，對方以備受污辱的誇張口吻說道，「我好像是不速之客。」

「好久不見了，您好。」柴田先回過神來，迅速地鞠躬。

對方不理會柴田，冷冷地注視森崎，「爸爸說你打電話問宮木家的事，要我拿這份文件來給你。」說著，從皮包裡抽出一份薄薄的牛皮紙袋遞給森崎，「那我走了。」

「……既然來了，就進來喝杯茶吧。」森崎收起驚訝的表情，默默地打開門鎖。

柴田識相地說道，「我突然想起來還有事要忙，先告退了。」

「等一下，」森崎說道，「我去拿資料給妳。」

在一旁冷眼旁觀的小松由里子不理會森崎和柴田，逕自推門進房，森崎向柴田露出苦笑，隨即以極快的速度衝進房中，又衝了出來。

「這是要拜託妳重新整理的講義。」

「那麼我先告退了。」

「柴田同學！」

「是。」原本已轉身的柴田被森崎緊迫的語氣嚇了一跳，回過頭來。「還有什麼事嗎？」

「妳千萬不能一個人跑去朱鷺館，知道嗎？」森崎語重心長，「那裡說不定隱藏著什麼危險。」

「好的，我知道了。您快進去吧。明天見。」

「明天見。」

目送柴田離去的背影，森崎突然覺得全身活力盡失。

不知道爲什麼，疲倦感湧上心頭。

但森崎抖抖肩，深吸一口氣，在聽到柴田關上一樓大門後，重新轉身回房。

「柴田小姐走了？」

「嗯。妳在門外等很久了？」

由里子眼中射出一股怒意，「沒錯。」

「其實放在信箱裡就可以了。」

「你的意思是我根本就是個笨蛋？」

森崎嘆氣，「我是覺得讓妳等候，很不好意思。」

「之所以不好意思，是因爲帶柴田小姐回來，正巧被我碰見對吧？」

「我跟柴田不是那種關係。」

「我也沒說是什麼關係啊……嗯？你說的『不是那種關係』，指的是哪種關係？」由里子挑釁地問。

森崎平心靜氣地說道，「我跟柴田不是男女關係，也不是戀愛關係。」

「那爲什麼你看她的眼神那麼不一樣？」由里子的發問終於直指核心。

「……妳想太多，並沒有什麼不同。」森崎不想多說。

「你不會認爲我有那麼好騙吧？」由里子走向門邊，「我先走了。爸爸要我拿來的是朱鷺館的平面圖，他說應該對你會有幫助。再見。」

「朱鷺館的平面圖？岳父怎麼會有——」

由里子不耐煩地答道，「當時蓋朱鷺館的建築師也是爸爸的好友，在朱鷺館蓋好前，建築師和宮木先生常在我家的書房裡討論設計圖，後來留了一份在我家裡——你不必擔心，這可不是偷來的。」

「我——」

由里子頭也不回，以關門聲打斷了森崎。

望著被關上的房門，森崎對由里子突然感到萬分陌生。

由里子以前並不是這樣的。她雖是好強好勝的類型，但卻也十分冷靜有禮。可是今天晚上的由里子看起來就像連續劇裡會出現，那種對前夫新歡加以恐嚇的女人。

森崎突然想起了小松榮太郎那天在料亭所說的話。

「……由里子是因爲想躲避失去孩子的傷痛才離婚的，這我很清楚。但現在這個傻孩子卻更加痛苦了——爲什麼呢？是因爲你啊……」

是自己讓由里子變得面目可憎的嗎？是自己嗎？

□

「我回來了。哎呀，福爾摩斯，一個人在家很無聊吧？」

柴田踢掉鞋，迎向三色貓福爾摩斯。

福爾摩斯像是懂得回應主人似的，用圓滾滾的可愛頭部輕輕摩蹭著柴田。

「我也很想念你呀，是眞的唷。」

柴田輕輕抓著福爾摩斯的後頸，貓咪舒服得瞇起了眼睛。

這柔軟的小東西，太可愛了。

一如往常，柴田回到自己房間的第一件事便是整理福爾摩斯的環境，接著才是處理自己的事。正當她準備在浴缸中放滿熱水，加上之前新買的名湯入浴劑時，手機卻不識時務地響了起來。

來電沒有顯示號碼。

但柴田還是接了起來，「喂喂。」

「籠子，籠子，閉嘴！哎呀別唱了，籠子裡的鳥兒，不是叫妳別唱了嗎？！何時，不要這樣——才會飛出來？黎明之前，白鶴和烏龜，從那裡切下去！快呀，血會噴出來的，到時候就很難處理，滑倒了，在你背後的是——誰？在背後的是誰，還用得著問嗎？我啊，是我啊！」

那是一段恐怖的歌謠，同時，有個女人正尖聲地說話。

柴田嚇得手一滑，手機就這樣跌在地板上。

「啊，啊。手機。」

柴田急忙跪了下來，撿起手機，但電池蓋脫落，電池掉了下來，通話自然就這麼中斷了。柴田大口喘著氣，要自己保持鎮靜，她丟下手機，衝向書桌，找出紙筆，馬上把剛剛聽到的歌和女人說話記錄起來。

「這個是，童謠吧……籠子，籠子，籠子裡的鳥兒，何時才會飛出來？黎明之前，白鶴和烏龜滑倒了，在你背後的是——誰？唔，最後一句也未免太可怕了吧……站在背後的是誰……真是令人毛骨悚然。」

柴田把剛剛所聽到的的童謠和對話記錄下來後，再度頹然坐倒，她撿起手機，有氣無力地將電池裝好。看著手機，她突然覺得疲倦萬分，將手機往茶几上一拋，便勉強站起身走向浴室。

一把身體泡進熱水之中，便感覺既溫暖又舒適，是種非常容易獲得的幸福感。柴田閉上眼，但又隨即睜開。柴田自問不算是太膽小，而且自己身邊也發生過科學無法解釋的事，然而這次卻不一樣，她只要一閉上眼，腦海裡便浮現那首童謠。

籠子，籠子，籠子裡的鳥兒，何時才會飛出來？黎明之前，白鶴和烏龜滑倒了，在你背後的是——誰？

令人不舒服的歌詞內容加上另一名女人恐怖的聲音穿插其中，讓人頭皮發麻，全身猶如浸泡在寒冰之中。

原本令人期待的的放鬆時刻，結果竟然因爲那通恐怖的電話而走樣。不過，那通電話的內容未免也太奇怪了……柴田猛地敲了一下自己腦袋，一般人才不會去注意到什麼童謠，重要的是那女人所說的內容才對啊！

「從那裡切下去！快呀，血會噴出來的，到時候就很難處理——」

然而柴田還來不及細想，便聽到了房門口傳來激動的敲門聲。她連忙從浴缸起身，顧不得擦乾身體，穿上浴袍之後便走向玄關。

「柴田同學！柴田！柴——」

「森崎教授？怎麼了？你，你有什麼事嗎？」

森崎一臉緊張萬分的樣子，但他在柴田開口之後，顯然刹時冷靜下來。「我——」

「您先請進來吧。」再怎麼說這裡也是宿舍，要是等其他人打開門來關心那就不妙了。

「那就打擾了。」

柴田一關上門，森崎便馬上道歉。

「眞的很抱歉，妳的手機一直打不通，以前不會這樣，我以爲妳發生了什麼事。」

「手機……喔！因爲剛剛接了一通很怪的電話，嚇了一跳……」

「怪電話？」

「是的，這是電話結束後我馬上記下來的內容。」柴田將寫有對話和童謠的紙遞給森崎，「房間很亂，您請隨便坐。我去換衣服。」

「喔喔，好的。不好意思。」

森崎脫掉鞋，走上和室。這時原本在衣櫃旁軟墊上休息的小小貓福爾摩斯起床了，牠不怕生地走向森崎，好奇地嗅聞著森崎的袖口。

「你就是福爾摩斯？你好啊。」

森崎輕輕地摸摸福爾摩斯，後者喵嗚了一聲彷彿確認森崎不是壞人。

第十話・地下室之謎

森崎和福爾摩斯玩了好一會兒，他確實能理解爲什麼柴田之前會說，觸碰貓的時候，不會感受到任何黑暗了。的確是如此，這溫暖的小身體和人類的不同，不會帶給森崎那些污穢恐怖的心緒——直到柴田換好衣服走出浴室，森崎才將注意力移到那張便條紙上。

籠子，籠子，閉嘴！哎呀別唱了，籠子裡的鳥兒，不是叫妳別唱了嗎？！何時，不要這樣——才會飛出來？黎明之前，白鶴和烏龜，從那裡切下去！快呀，血會噴出來的，到時候就很難處理，滑倒了，在你背後的是——誰？在背後的是誰，還用得著問嗎？我啊，是我啊！

森崎用筆在童謠歌詞下方劃線，區隔出童謠和其他話。

柴田在森崎對面坐下，「這就是剛剛那通電話的內容。有人在唱歌，另一名女人在說話。聽起來很恐怖，我被嚇了一跳，手機掉在地上。」

森崎表情認眞嚴肅，「這句，『血會噴出來的』，到底是什麼東西的血呢……是動物嗎？還是人類呢……」

柴田打了個寒顫，「如果是人類——」

森崎安慰柴田，「不見得指的是人類啊，我只是隨口說說。」

「不知道來電的人是誰，也不知道爲什麼打這通電話，更不知道對方要找的是不是我……」柴田顯然十分困擾。

「確實如此……」

「對了。」

「嗯？」

「剛剛您不是找我嗎？是不是有什麼重要的事？」

森崎微微露出懊惱的神色，「倒是還好。」

「因爲您還專程跑來我們宿舍——所以我想是很重要的事。」

「……因爲太擔心的緣故……」森崎愈說愈小聲。

柴田也感受到了那份尷尬，於是問道，「結果是什麼事呢？」

「喔，是關於朱鷺館。」

「朱鷺館……」

「我岳父家裡恰巧有份朱鷺館的平面圖，從圖上看來，的確有地下室存在，入口設置在一樓的廚房。」

「若是設置在一樓廚房的話，那麼可能是當作儲物空間使用吧，儲藏糧食乾貨什麼的。以西洋人的生活方式來說，也有可能是鍋爐室和洗衣空間。」柴田思考著。

「嗯，但奇妙的是，在一樓的平面圖裡，廚房的部份根本沒有畫出地下室的入口和樓梯。」森崎說道，「看來，宮木銀之介是有意要隱藏地下室，不知道在那裡放了什麼重要的東西。」

「您預計什麼時候過去朱鷺館看看呢？我想，那裡應該會有一些意想不到的線索。」柴田說道。

森崎看看錶，「忙了一整天，妳還有力氣到朱鷺館去嗎？也不能太早過去，總得等學生會的人都走光才可以。」

柴田點點頭，「沒問題的。不過，好像又讓您牽扯進了奇怪的事件當中。」

「嗯，這也算是某種另類的人生樂趣吧，哈哈。」

「啊，我一直忘了倒茶給您。如果您不介意，就在這裡稍坐一下。」

「我現在也只能坐在這裡，不能動。」

「咦？」

「福爾摩斯在我腿上睡著了。」

「哎呀，這小傢伙。」柴田失笑，動作變得輕柔起來，「森崎教授果然是萬人迷，連小貓都喜歡你呢。」

手指拂過柔軟的小身體，久違的溫馨感包圍著森崎，他微微一笑，「貓眞的是很神奇的動物。」

「是啊，沒錯。」柴田深有同感地點點頭。

□

大約十一點左右，從柴田房間可以清楚看到，幾棟教學大樓都已熄燈，除了主要通道上的路燈之外，其他地方幾乎都陷入了黑暗。

柴田穿上那件招牌似的黑大衣，將手機放進大衣口袋，跟在森崎身後，兩人默默地離開了宿舍。即使到了冬末春初，今年的天氣仍非常寒冷。走在沒有人煙的小徑上，柴田更覺得寒風刺骨。她拉高大衣衣領，將手放入口袋中，可是不知道是心理的緊張還是氣溫下降的關係，柴田依舊覺得自己像是墮入冰窖之中。

「還好嗎？」森崎注意到柴田似乎有點跟不上腳步，於是回頭。

「有點冷，但沒關係的。」柴田的臉都快凍僵了。

「這個，妳不要介意，先拿去用。」森崎拿下圍巾，遞給柴田。

柴田猶豫了幾秒，決定接過，此刻的她實在太冷了，沒有必要拒絕森崎教授的好意。「謝謝您。您不會冷嗎？」

「我不覺得冷，妳就先用吧。」

「謝謝。」語畢，柴田將圍巾披上。是高級材質呢，又輕又暖。

不一會兒，終於走到櫻樹林前。今夜天空無雲，月光十分明亮。森崎和柴田在朱鷺館外繞了一圈，確認都已沒人在館內後，才躡手躡腳地進入館中。明知開燈可能引來警衛或保全關切，但仍點亮了燈。

「先去廚房看看吧。」柴田提議。

「也好。」

但正當兩人走向廚房時，在走廊左側那間用來佈置成鬼屋的房間，突然有道人影飛快閃過。柴田和森崎驀地一驚，兩人同時往後退了半步。

「剛剛……有人對吧？」柴田小聲地問。

森崎警覺地輕輕點頭，「有個人跑進鬼屋裡了。」

「籠子，籠子，籠子裡的鳥兒，何時才會飛出來？黎明之前，白鶴和烏龜滑倒了，在你背後的是——誰？」

「啊！聽到了嗎？」柴田失聲叫道，「是那首歌！那首童謠！」

「沒錯——是那個跑進鬼屋裡的人在唱歌。走，去看看。」

驚奇鬼屋的外觀佈置幾乎已近完成，門口貼著人體解剖圖，更顯得氣氛怪異恐怖。森崎走在前，柴田緊跟在後，兩人就這樣踏入了鬼屋之中。

「哇哈哈哈——嗚呼呼呼——」不知是誰打開了音響，整個空間裡迴蕩著預錄好的怪異笑聲。乍聽之下還滿嚇人的，但跟稍早之前那通怪異的電話比起來，這種刻意裝出來的妖怪笑聲便顯得十分幼稚愚蠢。

第一組場景，是德州電鋸殺人狂裡的主角皮臉，和一名女受害者。穿著染血圍裙的皮臉高舉著電鋸，藉由齒輪來讓他的雙手上下揮舞，十分逼眞。女受害者更是恐怖，被切下來的頭以吊掛豬肉的尖銳鐵鉤高高掛起，無頭屍體則掛在另一只鐵鉤上。明知這些全都是假的，但柴田仍不由自主地往森崎身邊靠了靠。

第二組場景是之前就見過的恐怖怪談《牡丹燈籠》和《四谷怪談》。柴田再度看到只剩骨骸的阿露時，仍然想直接奪門而出，而奇怪的是，這兩具假人，竟然不約而同散發出令人反胃的惡臭。

「太臭了。」森崎皺眉，「怎麼會有這種味道呢……」

「坦白說，我覺得很不對勁。」柴田心裡閃過恐怖的想法，但隨即拋開，她故作輕鬆，「就跟眞的屍體一樣。」

「眞的屍體——」森崎停下腳步，一手用袖手掩住口鼻，上身向前，試圖靠近其中被綁在假門上的阿岩。

「教授，我們還是——」

柴田正想阻止森崎，想先找出跑進鬼屋裡的人時，就在瞬間被一條鐵鏈勒住了脖子，砰地往後倒去。

「柴田！」

森崎一回頭，只見一把斧頭迎面而來，他斜閃而過，斧頭鐙一聲砸斷了固定用的鐵鏈，假門連同其上的阿岩就這麼摔向地面，發出轟隆巨響。不摔沒事，這一摔，森崎完全看清楚了。摔在地上的絕不是什麼假人，而是屍體，貨真價實的腐屍！皮肉組織已化成血水的屍體經過重摔後，蛆蟲紛紛蜂湧而出，一下子便佈滿屍體。森崎被眼前駭人的景象嚇得呆怔，過了幾秒才想到柴田。

「柴田？！」

原本柴田倒地的位置，現在卻沒了人影。森崎奔向前，這時身後卻傳來一陣刺耳噪音——一名身高大約一百六十公分，戴著蓬鬆紅色假髮和鈴鐺小帽，臉上塗滿白油，化著小丑妝，身著彩衣的百分百小丑正高舉著一架已發動的電鋸，威嚇似的朝森崎揮舞。

「你是什麼人？！」森崎吼道。

這是半空中傳來女人的叫喊，「你又是誰？膽敢破壞我苦心的傑作！該死的傢伙！」

「什麼苦心傑作——」

「你還不認錯？！是你把我的藝術品，把我的阿岩打壞的！是你、是你！」女人的聲音瘋狂叫著，「該死的傢伙，不能饒恕！」

「那是妳做的？那根本就是屍體，才不是什麼藝術品、什麼傑作……天哪，這麼說來，這鬼屋裡的……所有……」

「全都是我和妹妹苦心製造的！對啊，是屍體，是屍體又怎樣！有見過這麼美麗的妖怪嗎？呵呵，沒有吧？有見過這麼逼眞的妖怪嗎？也沒有吧？哈哈哈！」

「妳、妳是什麼人——這小丑，這小丑又是誰？」

「爲什麼大家老是喜歡問一些愚蠢的笨問題呢？」女人像是閒聊似地說道，「喂喂，電鋸好吵呀！關掉它。」

小丑嘴唇動了動，「喔……好的。」

森崎這時才發現，這小丑看起來不太像普通人，大而平板的臉看起來笨拙，眼神裡也沒有馬戲團小丑該有的機靈光輝。這小丑，應該是個粗壯的女人吧，似乎並非男人。

小丑聽話地放低電鋸，關上了開關。

沒想到這名小丑這麼聽話，那個沒露臉的女人究竟是誰，又是怎麼控制這名小丑的呢？

「喂，那邊那個女孩子是你的什麼人？」女人突然問。

「我的學生，我的助理，我的……朋友。」森崎突然抬頭掃視著半空，吼叫道，「妳不能傷害她，聽到了沒？！」

女人似乎被惹怒了，「什麼？傷害？我打算用她來做成《播州皿屋敷》裡的阿菊是抬舉她！你說什麼？傷害！太可笑了！」

「妳要把柴田做成阿菊？怨靈阿菊？」

「呼哈哈哈哈——到時也把你的屍體做成妖怪好了，竟然膽敢這樣對我說話……這傢伙很不識相吧？對吧？」女人言下之意似乎在詢問白臉小丑的意見。

白臉小丑木然地點點頭，「嗯，對。」

「喂，小丑，妳，妳到底在跟誰說話？那個女人在哪？」森崎乾脆改變策略。

小丑呆了一呆，「你問姊姊在哪？」

「姊姊？對，妳姊姊——」

「笨哪！」看不見人影的女人高聲咆哮，「不許說！別告訴他！」

「咦，不能說嗎？」小丑的表情顯得很困惑。

森崎研判，這名小丑可能有智力方面的缺陷，人高馬大，看起來也不年輕，比自己年紀還大不少，但卻傻裡傻氣，說話的語調和口吻如同小學生似的。既然如此，恐怕還是得和看不見的那女人對話才行

「妳們是姊妹，對吧？剛剛她叫妳『姊姊』。」

「是啊，怎麼樣——」

「我問妳，柴田呢？」

「剛才那女生？被勒昏啦，丟到旁邊去了，等著當素材啊。」

「妳——妳知道最近有人在這棟朱鷺館裡失蹤的事嗎？是不是和妳們姊妹有關？」森崎單刀直入。

「我聽不懂。」女人乾脆地應答。

「這麼說好了……這些，這些做成妖怪的屍體，這些人……是從哪裡來的？」

女人遲疑了一下，「我爲什麼要告訴你？你是壞人，你弄壞了我的阿岩。」

「那不是什麼阿岩，那是死人，那是屍體！妳瘋了嗎？聞不到那些屍臭嗎？」

森崎毛骨悚然，他愈來愈不清楚自己在和什麼東西對話。

就在此時，不遠處傳來了柴田微弱的呻吟和呼救，「森崎教授……」

「柴田！」森崎顧不得還拿著電鋸的小丑，找到柴田的聲音來源後，將她從一張長桌下拉出，「妳沒事吧？」說著，急忙拉開她頸上的鐵鏈。

「我……不，不……」柴田只覺得頭昏腦脹，難以呼吸，但就在她勉強自己睜開眼的剎那，她不由得猛力推開森崎，「教授！」

「砰」一聲，沒開動的電鋸只差一公分便重重砸在柴田頭上！若不是她情急之下推開森崎，恐怕森崎早就腦漿迸射，血濺當場。

「籠子，籠子，籠子裡的鳥兒，何時才會飛出來？黎明之前，白鶴和烏龜滑倒了，在你背後的是——誰？」小丑哼起童謠，注視著併肩躺在地上的森崎與柴田。

「是、是妳……是妳在唱……」柴田掙扎著坐起上半身，「……那通電話……」

森崎這時一躍而起，左足飛起踢中那名小丑肚腹，趁著小丑踉蹌後退時，一把拉起柴田。

「快逃！」

「不可以！」那不見人影的女人又尖叫著，「不要光顧著唱歌啊！抓住他們！殺掉他們！」

小丑捂著肚子，假髮和鈴鐺小帽已然歪斜，但空著的左手仍拚命向前撲抓！柴田和森崎兩人對鬼屋地形根本不熟，加上佈置已快完成，許多道具陳設使得沿途阻礙重重，柴田本來就不能進行劇烈運動，一跑，胸口便覺得悶痛，幾欲無法呼吸。而森崎若是獨自一人，早就能擺脫小丑的追趕，但他一手緊緊牽著柴田，很明顯感受到柴田體力已然不支，如果此刻放手，柴田必死無疑。

「不！」

一道高聳的假牆出現在森崎和柴田面前，正當兩人就要撞上假牆時，忽然聽到了另一陣急促的腳步聲。

不見人影的女人突然著魔似地尖叫，「哇呀呀——」

小丑就在森崎和柴田的面前忽然瞪大雙眼，那張平板呆滯的臉突然間充滿了困惑與不解。

接著，幾滴溫熱噴上了柴田的臉，她本能地伸手一摸——血。那是從小丑彩衣上迸射出來的血。接著，銳利的電鋸刃從小丑的肚腹破出，鮮血宛如馬力十足的噴水池般猛然濺射而出，噴得柴田森崎兩人滿身腥臭。

小丑低頭，不解地看著穿過自己身體的電鋸，口裡哼唱的童謠戛然而止，往前撲倒，假髮和小帽跌落，露出了原本的黑髮。

聲音尖銳的女人喘息著，她終於現身了——

「怎、怎麼會？！」柴田抹去臉上的血，無力地跌坐在地，距離那名聲音尖銳的女人只有數十公分的距離。

森崎也蹲了下來，「……原來如此。」

背光而立，手持電鋸，解救了森崎和柴田的男子默默地關上了電鋸，將沉重的電鋸扔在一旁。那男人咬牙切齒地走近小丑屍身，狠狠踢了一腳，那聲音尖銳的女人嘔出鮮血，但仍大笑著。

「是妳們殺了神宮寺雅子，對吧！」

「……呼……不，不知道……不知道……」女人已沒辦法清楚說話，在黑髮下，一隻透著惡毒光芒的眼睛瞪視男人。

「二十多年前，也是在這棟房子裡，妳們殺了我姊姊雅子！兇手！」

男人正是柴田和森崎今天才拜訪過的神宮寺祐吉。他蠻橫的臉上也被濺滿血，當他的眼淚流淌而下時，顯得既兇殘又狼狽。

神宮寺祐吉蹲下身，一把抓起女人的黑髮，另一手將其餘的長髮撥開，露出女人恐怖的臉。充滿恨意的神宮寺左手一翻，將女人的臉往地上狠狠敲去！不停地不停地，直至那張臉血肉模糊，成爲爛泥。

面對此情此景，森崎和柴田已不知如何是好，只是默默併肩靠著，看著小丑的屍身被翻來倒去的折騰。有幾次兩人想勸阻，但一想到這對神宮寺家而是遲來的正義，便決定放棄開口。

過了好一會兒，直到神宮寺祐吉也終於累了，停手並癱坐在地時，森崎才緩緩開口。

「……謝謝你救了我們，神宮寺先生。」

神宮寺祐吉冷冷地看著森崎，又看看柴田，沉默地搖搖頭，不發一語。

「您、您怎麼會出現在這兒呢？」柴田勉強開口。

神宮寺過了半晌，才答道，「……即使過了二十年，我姊姊的怨恨，仍然無法消除。我本來是想，自己再來調查……就是這裡沒錯，後面的櫻樹林……不知道在我夢中出現了多少次。還有，關於兇手——我，我沒騙你們吧？」

森崎和柴田艱難地點點頭。

的確，神宮寺祐吉所說的全都是眞話——一字不假，句句屬實。是妖怪，是妖怪殺了神宮寺雅子。

許久之後，森崎扶起柴田，兩人花了一些時間才站穩，又花了一些時間才繞過鮮血、腸子與內臟正流瀉滿地的小丑屍身。兩人相互扶持著走出鬼屋，穿過大廳，在朱鷺館的氣派台階上坐了下來。

森崎用顫抖冰冷的手拿出手機，撥打了三通電話。第一通給九条，第二通報警，第三通則是給學校總機。雖然學校總機沒有人應答，但最後一定會轉接到校警室。

好不容易重覆了三次同樣的內容，在看見兩名校警遠遠地跑來時，森崎用最後一絲力氣扶起柴田，兩人沉重地步下台階。

□

「森崎教授，你說，是一名名叫神宮寺祐吉的男人闖了進來，從後方殺了那個，不，那對姊妹，是這樣嗎？」刑警問道。

「是這樣沒錯。」森崎看著接二連三抵達的警車，車上閃爍而刺眼的燈光讓他疲憊不已。

穿著高尙的刑警轉頭看向柴田，「柴田小姐，妳也確定是這樣？」

柴田虛弱地點點頭，接過女警爲她圍上的毛毯，「是祐吉先生救了我們。」

「但是，裡面沒有任何活著的男人。」刑警望向朱鷺館後，轉頭說道，「裡面唯一的男性是被裝飾成德州電鋸殺人狂的一名死者。學生證上的姓名是折原啓吾。」

「連折原君也……」柴田捂住嘴，卻因嗅到手上的血味而反胃。

森崎輕拍柴田後背，一面問道，「請問除了那對姊妹外，裡面總共有幾具屍首？」

「四具。一具男性，三具女性。」刑警先生手插著腰，喃喃自語，「什麼鬼屋啊，搞成這樣，也未免太過份了。」

聽著刑警先生的抱怨，森崎在內心苦笑著。忽然間他覺得肩上重重一沉，原來是柴田已支持不住，累得睡著，斜斜靠在他肩上。森崎攬住柴田的肩，讓她能靠得舒服點。在此時森崎已無力去顧及其他人的眼光，他實在太累了。

最終話

學園祭開幕當天，本來印在傳單上的驚奇鬼屋介紹被劃了個大大的「X」，原本製作好的指標路牌也都被移除。即使幾天前才上過報紙，但在這個資訊爆炸的時代，人們遺忘新聞的速度也快速得可怕。

看著許多高中情侶和附近住家民眾在校園中漫步，柴田也把福爾摩斯放進大衣口袋裡，帶著福爾摩斯出門散心。春天果然就要來臨，空氣中再度湧上了植物與樹木的淡淡芳香。在陽光的照耀之下，一切景物都增添了溫度，不再是死氣沉沉的模樣。

不知不覺，柴田帶著福爾摩斯來到了朱鷺館和那片櫻樹林前的石板路。再過一陣子，這裡的吉野櫻就會燦爛地盛開了吧？那粉白色且稍縱即逝的花朵，總是帶給人哀傷感。

「柴田君。」

「啊，九条警部，您好。」

柴田回頭，正好見到穿寬鬆淡綠色大衣的九条，她雙手插在衣袋裡，悠閒地走來。在九条身後還跟著一名高大英挺，但一臉嚴肅，穿著古板但高級，臉上戴著昂貴手工眼鏡的帥哥。

「我來介紹，這是我丈夫，有馬。」九条說道，「這是我提過的柴田小姐。」

「初次見面妳好。」有馬擁有一張不輸偶像明星的俊臉，但語調冰冷，整個人透著一股冰冷寒意。

柴田拘謹地回禮，「您好。」她感到有馬渾身上下不停地散發一種壓迫感，這種感覺讓人心跳都快停止了。

「我剛剛逛了一圈，好像沒什麼人在談論朱鷺館的事。」九条閒閒地說。

「是啊，大家都不在意。」說是如此，但柴田卻覺得在這種歡樂的氣氛中，矗立在櫻樹林中的朱鷺館看起來更加悲涼。

「後來，在全面搜索時，發現了那對姊妹的名字：光代跟佳代。但是不知道如何對應。被害者也都確定了身份，第一位被害者是裝飾成《四谷怪談》阿岩的前岡美羽；第二位被害者是被裝飾成《牡丹燈籠》阿露的能澤千春。第三位、第四位被害者，分別是折原啓吾和平野牧子——死後還被弄成那樣，也眞夠慘的了。」

九条往前走了一步，和柴田併肩，看著朱鷺館那氣派的外表，沒想到裡面卻暗藏著那樣恐怖又淒涼的往事。

九条續道：「……宮木光代、宮木佳代是宮木銀之介第一任夫人朱鷺在流產數次之後好不容易保住的孩子，出生時負責接生的醫生名叫島田，後來接受了宮木銀之介的大筆贊助——也就是封口費——在美國成立了一家私人醫院，發了大財。至於那時島田手下的護士，也都分到了不少金錢。其中，有一名護士名叫麻生秋子，她因爲丈夫豪賭而輸光了錢，曾經數次向宮木銀之介勒索，後來，不知爲何，麻生秋子和她的丈夫就這麼人間蒸發。」

聽到這裡，柴田訝異地看著九条，「這麼說來——」

九条聳肩，「這些都已經是四十幾年前、三十幾年前的事了。而且也沒有什麼明確的證據，可以證明麻生秋子他們是由於長期勒索宮木而被滅口。」

「這麼說來，也是沒錯。您請繼續說。」

「總之，朱鷺夫人生下了光代姊妹之後，悲痛欲絕，那時宮木的情婦——也就是第二任宮木夫人——倒是開心得很，竟然到朱鷺館去刺激她。之後朱鷺夫人就決定死心了，她和宮木銀之介談妥，她要一生守護光代姊妹，而且也要保守這個秘密。反正宮木家有的是錢，宮木銀之介是保守的人，生出連體畸形兒這種事一定會被媒體大作文章，他的壓力也很大，於是就答應了朱鷺夫人的要求，讓夫人假死，然後帶著光代姊妹在暗無天日的地下室裡生活。當然啦，製造死亡證明、舉行假葬禮什麼的，只要有錢有路子，這根本不是什麼問題。對了，後來，在廚房的大型冷凍庫裡，找到了通往地下室的暗門……

「然而，就這樣過了二十多年，到了平成元年——那年舉辦學園祭的時候，學生會也和今年一樣借了朱鷺館，他們一樣準備了恐怖的鬼屋，結果其中之一的成員神宮寺雅子，應該是獨自一人留在朱鷺館時，被光代姊妹襲擊殺死的。從朱鷺夫人留下的一些短暫記錄和信件看來，她爲了掩蓋罪行，乾脆和女兒將神宮寺雅子肢解，肉的部份混雜在垃圾裡清運，屍骨則在地下室的木板地下。說到神宮寺雅子的屍骨，已經全都挖出來了。不過，這幾天的調查裡，卻發生了一件非常怪異、令人不解的事——」

九条停了下來，注視著柴田。

柴田不解地問道，「爲什麼您這樣看著我呢？」

九条苦笑，「因爲的確很奇怪——雖然我也不是沒見過怪事，不過這種事還是第一次遇到。」

「您就別賣關子了，請告訴我吧。」

「啊，妳來了。」不知何時，森崎也來到朱鷺館前，看起來一派輕鬆的他，臉上並沒有事件過後的陰鬱。

「森崎君來得正好。」九条拉過有馬，「這是我先生，有馬。這就是傳說中的森崎君。如何，森崎君是位大帥哥吧？」

「什麼傳說中……您好，敝姓森崎。」森崎向有馬微笑點頭。

有馬那張好看的臉上卻仍像是北極似的完全沒有溫度，「您好，我是有馬。我們家小綾平時多虧您照顧了。」就連這種寒暄對話也一樣說得冰冷無比。

「不不，是我們常常請九条警部幫忙，受她關照才對。」

這時急欲知道怪事爲何的柴田終於說道，「寒暄的話就此打住吧，九条警部，請您快說，到底發生什麼事了？是不是找到神宮寺先生了呢？」

「找到神宮寺先生了嗎？」森崎也有些激動，「我要向他道謝，他是我們的救命恩人呢！」

九条沉吟了半晌，推推有馬，「換你說吧，那邊的案子是向你匯報的，你更清楚。」

「我？這個……好吧，」有馬推推眼鏡，酷酷地說道，「兩位猜的沒錯，是找到了神宮寺祐吉——但是，情況卻非常複雜。」

「請您說下去吧。」柴田急道。

「四天前接獲報案，一名搭乘JR新幹線的旅客被發現死於列車小玉號上。死者是男性，今年三十七歲的神宮寺祐吉，根據他身上的車票顯示，他是從伊豆修善寺上車，在三島站換車後要前往東京。經過法醫——也就是霧島博士解剖後證實，他是在四天前的下午五點左右因心肌梗塞過世。兩位，知道哪裡非常怪異了嗎？」有馬探詢地看著森崎與柴田。

「四天前，也就是我們前往朱鷺館的那天。」森崎的聲音乾澀，「如果在下午五點左右，祐吉先生就已病逝在列車上，那麼——」

「那麼在午夜……在午夜時，出現在朱鷺館解救我和教授的，是、是……」柴田也幾乎不知說什麼才好。

「根據兩位的說法，神宮寺祐吉應該是在接近午夜的十一點半到凌晨一點多之間出現在朱鷺館，他從後擊傷了宮木光代姊妹，兩位才得以脫身。但是小玉號是在傍晚六點多停靠在東京站，也就是在那時，站務人員發現了神宮寺先生的遺體，大約七點左右，救護車來到，將神宮寺先生的遺體運走。巧合的是，那天霧島博士正好因研討會行程取消，第二天早上就安排了解剖，幾乎沒有經過什麼等待時間，遺體也僅僅在太平間放置了一晚而已。」有馬說道，「而且當天趕來朱鷺館現場的刑警也表示，在現場的初步問話，兩位都表示是神宮寺祐吉出面救了兩位，但我們同仁在朱鷺館裡卻完全找不到他的蹤影。」

九条無奈，「我去看過醫院的監視錄影帶，可以保證晚上絕對沒有任何人或鬼從太平間跑出來。如此一來，那天到底是誰救了森崎君和柴田小姐呢？這實在是個不解之謎啊。」

「我們以爲，神宮寺先生可能不想被警方發現，所以在警方抵達前就離開了呢。」柴田說道。

森崎也點點頭，「雖然是爲了自衛和救人，但畢竟神宮寺先生還是殺了宮木姊妹，我本以爲他是爲此才離開的。」

「很顯然的，他當時不可能出現。」有馬說道，「另外，現場遺留下來的兇器，那組電鋸，上面只有一組混亂指紋，就是宮木的指紋，並沒有神宮寺的指紋。當然也沒有兩位的，因此，到底是誰救了兩位，眞的是個難解的問題。」

森崎與柴田互望一眼，兩人都在心中默默地想著：是神宮寺先生沒錯。他的靈魂救了我們。如果不是神宮寺先生，後果實在難以想像。

森崎淡淡地苦笑，「我相信是神宮寺先生在冥冥之中助我們一臂之力。」

九条不置可否，「你也知道警方不接受這種說法對吧。」

「警方接不接受並不重要，重要的是神宮寺先生救了我們。」森崎看向柴田，「妳的想法呢？」

柴田點頭，「我也是這麼認爲的。」

「那就好。」九条勾起有馬的臂膀，「我只是想把調查結果告訴你們。神宮寺祐吉的遺體因爲死因並不可疑，已經火化了，如果想要前往祭拜的話，我再把供奉的地點告訴你們。」

「那就麻煩妳了。」

「我們要去參觀學園祭了，再見。」

「再見。」

「請慢走。」

望著九条和有馬離去的背景，柴田有種壓迫突然消失的感覺。

她喃喃自語，「好冰冷的男人。」

「妳說有馬特別調查官嗎？」

「啊，這樣隨便說人眞是抱歉。」

森崎微笑，「不過，我也這麼覺得就是了。眞是奇妙的一對啊。」

「是啊，奇妙，又幸福的一對。不過，神宮寺先生……那天晚上……」

「是他來救我們的，不會錯的。」

「即使死了，也要替姊姊報當年之仇嗎？」

「也許吧。宮木家的姊妹，神宮寺家的姊弟，該怎麼說呢，兄弟姊妹之間的緣份眞的很奇妙。如果宮木家的姊妹不是連體畸形兒，就不會發生這些事了吧？」

柴田點點頭，「其實，那樣的處境眞的很悲慘。」

森崎淡淡一笑，「別想那麼多了。」

「嗯嗯。」

□

在櫻花就快要開放的季節裡，森崎和柴田再度來到了伊豆。

神宮寺祐吉的骨灰就供奉在當地的一間寺廟之中，由於神宮寺家沒有近親，因此也只是由幾乎從沒見過面的親戚從遠方跑來草草處理後事，就連費用也都是保險公司和政府提供的。

微風吹拂竹林，發出沙沙聲響，寧靜的庭院之中，偶爾能聽到鳥囀。

在神宮寺祐吉的牌位旁，近日又新設了一個牌位：香山涼風妙雅信女。即使只剩下發黑的骸骨，但神宮寺雅子在二十多年後，也總算得以安眠了。

在幽靜的寺院中，柴崎和柴田兩人衷心祝禱著神宮寺家的姊弟能安息長眠。

「……前岡和能澤的顯靈，讓我很擔心是不是她們的怨念會停在在世間無法消散。特別是能澤的怨恨，造成了橋谷那麼大的創傷……」

「很多事情不是我們所能控制的。那麼無辜地死去，怎麼可能一點痛苦遺憾都沒有呢。妳不要想太多了，這些事並非因妳而起。何況——」

「嗯？」

森崎淡淡一笑，「說不定，那些顯靈的情況，是神宮寺雅子的恨意所帶來的力量。也有一種說法，剛死去的亡靈，力量不如已死很久的亡靈來得大，不是嗎？」

「也許吧。還有平野和折原……。我覺得最可怕的是，宮木姊妹對世間的怨恨使得她們完全扭曲，扭曲到以取人性命爲樂。」

「不，不止如此。她們並非只是單純想取人性命。想要殺害別人來洩恨，這代表她們知道人的性命是很重要的；但她們是單純地想要玩耍……這才是最深的黑暗。」

「您的意思是，她們不能理解生命是可貴的？或者，不能任意剝奪別人的性命？」

「我想她們不懂，也不能了解。」

「天哪……」

「也許，是宮木家一手造成這悲劇的。」

「……希望所有人的靈魂都能早日安息。」柴田衷心地說。

森崎望向有些灰濛，看不見任何雲彩的天際，「會的，他們會的。」

一行飛雁橫越天空，很快便遠颺而去，影子愈來愈小，看不見了。

《本集終了》

番外・前岡美羽

該怎麼定義好學生呢？

一般而言，整潔、有禮、學業成績優良這三點是基本要件。若要再詳細地定義，那麼，有對合理又樂意贊助學校的父母、合群善良的個性、樂於助人同時又謙虛，這些也會成爲次要條件。若是能全部符合，便是師長和校方最欣賞的好學生了（雖然同學們不見得如此認同）。

前岡美羽，正是百分之百符合好學生定義的女孩子。不但行爲舉止無懈可擊，同時還擁有一張甜美清麗的臉龐，身高雖然略嫌嬌小，但合適又有品味的穿著讓她看起來既時尚又精神奕奕，總是給人陽光美少女的印象。加上出身有錢家庭，父母每年大筆捐款不斷，很快地就讓前岡美羽成爲不但受校方歡迎，也很被校內宅男喜愛的偶像人物。

這麼一個看似完美的女孩子，彷彿天生就受到了上帝的祝福，在她十九年來的生命裡，從來沒有任何不順或打擊發生，似乎所有的好事都集中到了她身上。就連在學生會競選主席時也以壓倒性的票數，漂亮地擊敗對手，獲得勝利。

這次的學園祭，是前岡美羽成爲主席後第一場重要活動。好面子的她，幾乎天天泡在籌備會中。爲了能夠讓活動盡善盡美，前岡美羽非常認眞地處理一切事務，光看那股幹勁，就會令人懷疑她似乎永遠不會疲倦，那招牌微笑似乎永遠不會消褪。

肩膀感到一陣微痠。

原本趴著休息的前岡緩緩從會議桌上爬起，她雙手撐著桌面，努力地打直上半身。果然這樣的工作量太吃力了點。前岡想著。

權充作會議室的是朱鷺館二樓左側的某間寬敞房間，裡面的傢俱被移到的牆邊，學生會的會員們搬來了一張大型會議桌，以及十幾張椅子和兩部電腦，將這裡當作重要基地。

前岡看看錶，已經是凌晨二點。雖然第二天不用上課，但是這麼晚還待在這裡，未免也太誇張了。她伸個懶腰，撥撥微亂的長髮，從椅上站起。前岡整理著包包，在踏出房間時關上了燈。

鋪著深紅色地毯的走廊上仍舊燈火通明。

一時間，前岡美羽以爲自己眼花了——

在走廊另一端，似乎有個穿著深紫色底，上有白色葫蘆花圖案的和服，頭髮高高梳起的女子身影。前岡並不覺害怕，她定睛再看，證明果然是錯覺，走廊的另一端什麼人也沒有。大概是睡太久的關係，以致於到現在都還不清醒吧。

這時，原本明亮的走廊卻突然陷入一片黑暗，似乎有人關上了所有燈光。前岡這時嚇了一跳，高聲叫道：「是誰？！」

「是誰在惡作劇？」前岡對著漆黑一片的空氣喊叫，「這很無聊，快點把燈打開！」

四周的聲音彷彿也被黑暗呑噬，眞空似的。

前岡的掌心和後頸滲出冷汗。

她故作鎭靜，告誡自己不能失態，同時又在心裡痛罵著，不知道是誰竟然這樣對待她！眞是不要命了！怎麼能對學生會主席開這種玩笑呢？

但，一陣恐懼也悄悄在前岡的心裡萌芽。

是誰——誰會專程在朱鷺館裡待到那麼晚，只爲了開這麼一個愚蠢、惡劣兼低級的玩笑呢？

心裡閃過幾個可能不喜歡自己的名字，但又不覺得這些人會如此無聊。前岡站在完全的黑暗之中，一動不動。

「喂！是誰——」

朝著半空喊叫的同時，另一種可能性衝上前岡的心頭。

該不會是停電了吧？說不定其實沒有什麼人動手腳，只是很單純地遇上停電而已。如果真是這樣，那就得摸黑走下樓，穿過大廳，再開門出去。某種程度上來說，幸好朱鷺館並沒有裝置鐵捲門之類的防盜設備，至少不會因沒有電力而被困住。

「真討厭。」算了，看樣子說不定是停電哩。

前岡美羽從包包中掏了許久，才找出手機，她打開手機，藉由手機微弱的亮光照著腳下的路。

一步，

兩步，

三——

前岡倒吸了一口氣。

她清楚地看到，深紅色地毯上，一塊深色和服裙邊，和一雙穿著白足袋和木屐的女人腳。

「天、天哪……」前岡鼓足勇氣，將手機緩緩往上移。

但就在此時，手機的螢幕一黑，四周再度陷入黑暗。

「討厭！」

前岡亂按著手機，終於手機螢幕再度亮起。由於緊張，前岡按下了手機快門，閃光燈一亮，啪擦一聲，似乎拍下了什麼。前岡緊張萬分地注視著手機畫面，只看到女人和服的華麗腰帶。前岡再度將手機轉向，想看清楚面前的女人。然而這時一隻蒼白無血色、枯爪般的手宛若半空飛降的禿鷹，唰地搶去了前岡的手機。啪一聲，在黑暗中前岡聽到了手機被丟到地板上的悶響。

「妳、妳是誰？爲什麼要惡作劇？我的手機——」前岡嚇得蹲低下來，在黑暗中摸索著地板。

「嘻嘻，眞是個笨蛋。」女人的輕聲嗤笑令人發毛。

「不可以喔，不可以喔。」另一股女人的聲音低吟著。

前岡一身冷汗，此刻只想找到手機，她得打電話給朋友，隨便誰都好，她得先拿到手機，她要求救，一定要。

「哇呀！」穿著白足袋的木屐用力地踩在前岡的手上，她不由得發出痛徹心扉的慘叫。

□

籠子，籠子，籠子裡的鳥兒，何時才會飛出來？黎明之前，白鶴和烏龜滑倒了，在你背後的是——誰？

朦朧中，前岡耳畔聽到幾句破碎的對話。

她無法判斷自己身在何處，只知道有一對姊妹不停地在說話。

她意識模糊，但隱約知道自己無法動彈。

但無法動彈的理由是什麼，卻完全無法得知。

——難聞的氣味。

空氣中瀰漫著腐敗以及如同貧民區公廁般的屎尿臭味。

「……聽到了嗎？姊姊？他們是說『阿露』對吧？」

「還有『阿岩』和『阿累』。」

「嘻嘻嘻嘻！我喜歡『阿累』啊，姊姊。那個故事我從小就好喜歡好喜歡——喜歡得不得了。我們的父母也是像阿累的父母一樣，才會生出我們這樣的恐怖孩子吧？嘻嘻。」那笑聲裡夾著哭音。

前岡美羽想要開口，但嘴裡被塞了布條，什麼聲音都發不出，接著，她克服了恐懼，說服自己睜開睛。首先是汗水沿著眼皮流入眼睛，摻雜著睫毛膏的汗水使眼睛感到一陣痛。她努力地睜大眼，花了一點時間適應黑暗。

這是間天花板十分低矮的木板房間，在角落處竟然點著一盞亮度微弱的煤油燈。房間的壁上似乎沒有窗戶，兩股女人的聲音在不遠處低喃著。

「醒了啊。」

眼前出現的是一張醜陋的女人臉蛋。

女人約莫四十歲，臉色白得嚇人，雖然是東方人五官，但皮膚像是浸泡在某種化學原料裡去除顏色似的，呈現一股駭人的白。在女人高高梳起的黑髮對比下，白皮膚就像藝妓刻意撲上的白粉般不眞實。

女人穿著和服，把臉湊近前岡。

前岡嚇得想要後退、避開，但卻不能動。

這時，另一股女人聲音響起：「那丫頭怎麼樣？」

「張開眼睛了。」白臉女人以含糊不清的聲音答道。過度扁平的臉和空洞的眼神，讓前岡懷疑眼前的白臉女人是不是有點智能障礙。

沒有現身的女人這次換對著前岡說話，「喂喂！妳如果乖乖地不亂叫，我就把妳嘴裡的布挖出來，怎麼樣？」

前岡拚命地點頭，但動作小得可憐。

白臉女人傳話，「她點頭了。」

「那好，」未現身的女人說道，「把她嘴裡的布挖出來吧。」

「嗯。」白臉女人呆板地應答著，用宛若白年糕般的手指抓住住前岡下巴，扳開後以另一手挖出布塊。

前岡在布塊離口的瞬間猛力嗆咳起來。

「……妳、妳……妳們……」前岡咳了好一陣子才吐出完整一句話，「妳們是誰？這是哪裡？妳們想對我做什麼？」

空中傳來女人話聲，「妳是學生吧？在準備妖怪屋對嗎？是不是？」

前岡冷汗直冒，「我是學生沒錯，我們在準備學園祭的驚奇鬼屋。」

「喔喔，準備了什麼妖怪呢？」看不見人影的女人又問。

「妳、妳在哪裡？出來啊，爲什麼要躲起來？」前岡儘可能使自己的聲音不那麼顫抖。

「小姐，妳是說我嗎？」不見人影的女人突然咯咯咯地笑起來，「妳在胡說什麼，我可沒有躲起來。我啊，就在妳的面前啊。」

「妳、妳？」前岡詫異萬分，眼前明明就只有那名看似智障的中年白臉女人。

「小姐啊，妳——就這麼想看我嗎？嘻嘻嘻。」

「什麼？不，我不想……請妳讓我離開吧……我什麼都不會說的，遇見妳們的事……我保證什麼都不會說的！」前岡的念頭單純無比，她只想回到原本正常平靜的生活之中！

這時女人的聲音陡然一變，刺耳地叫道，「妳想做什麼？想去跟外面的人說我們的事？！」

「我保證什麼都不會說的……何況我根本不知道妳是什麼人……」前岡哭了出來，「求求妳。」

「姊姊，她哭了。」白臉女人突然對著空氣說了這麼一句。

「是嗎？讓我看看她的臉。」女人突然笑起來，「小姐，終於啊，我們要見面了。快呀，讓我跟小姐見面吧。」

「可是，媽媽說，姊姊不能跟陌生人見面。」白臉女人呆呆地答道，臉上的表情像是固執的小孩。

「少囉嗦！快呀，我真是迫不及待想看看這位小姐——竟然說想跟我見面，哈哈哈哈，眞是太有趣了。」

「好、好吧。」白臉女人皺眉，然後高舉起雙手，從和服袖口露出的半截手腕白得近乎牛乳色澤。

白臉女人帶著幾分不悅的幼稚表情，雙手緩緩地解開頭上的髮髻。原本以爲高高梳起的髮髻在長髮披散之後，在頭部後半之處露出一大塊光禿的皮膚，並且高高突起，白臉女人用手將一部份的黑髮撥開，然後轉過身來。

前岡倒抽一口氣，猛烈地嗆咳著。

她努力地想撐起頭部，想要看清楚眼前景象。

——白臉女人的後腦有一大塊　圓型的隆起，這塊隆起並非單純的肉瘤，而是一張完整的女人臉孔，有鼻有嘴，但卻只有一隻完整的眼睛；本該是右眼的位置，像是萎縮、發育不良般只剩一個小小的黑色孔洞。

那張多餘的臉扯動著薄薄的嘴唇，發出了響亮的聲音，「如何？見到我之後該不會失望吧？啊哈哈哈哈。」

「妳、妳——為什麼——」

「我也不喜歡這樣啊，小姐！」那張臉扭曲著，尖聲說道，「我們是悲哀的連體嬰啊！我沒有身體，但智力正常，但我的白痴妹妹卻擁有著完整的身體……這樣難道不悲哀嗎？」

忽然間，那張臉從前岡的眼前消失了，白臉女人披頭散髮地轉過身來。「看完了，這樣可以了吧？姊姊？」

「眞可惜，這小姐是個美人吶。不過，我最討厭長得漂亮的女孩子了。」長在後腦的那張臉恨恨地說道，「替我宰了那丫頭吧，快點。」

「不、不！」前岡大叫、全身扭動掙扎起來，她清楚聽到自己被放置的板床還是桌子也隨之發出喀啦大響。

「媽媽說不可以像上次那樣……」白臉女人說道。

「媽媽死掉啦，死啦，她死啦！現在妳只要乖乖聽我的話就好！」那張臉恫厲無比，「弄死這個丫頭，快點、快點！」

「不要！不、不！救命、救命、救——」前岡的聲音就這麼中止了。

白臉女人的雙手從前岡美羽的頭部鬆開，前岡美羽的頭部朝著怪異的方向垂掛，一層血霧覆蓋住她黑白分明的眼部——前岡她的頭骨已被白臉女人在瞬間扭斷！

「眞是吵。」長在後腦的臉如此說道，她頓了一會兒，突然發笑，「哎哎，我說，我們來玩點好玩的吧。」

「要玩什麼，姊姊？」

「上面那群人不是在準備鬼屋嗎？那麼，我們也來幫忙吧！」

「幫忙？」白臉女露出迷惘的表情。

「把這個丫頭弄成阿岩的樣子，然後把她放在鬼屋裡吧，哈哈！」

「要弄成……阿岩的樣子，是嗎？」

「沒錯！去把鎚子找出來，讓我們好好來改造她吧，就當成慶祝驚奇鬼屋的賀禮好了，呼呼——接下來要剝掉一塊她的臉皮喔……我最喜歡妖怪故事了，妳也一樣吧？呵呵呵呵。」長在後腦的臉，吃吃笑著，發出可怖妖異的笑聲，僅存的一隻左眼射出古怪且令人生畏的精光，開心地哼唱起童謠，「籠子，籠子，籠子裡的鳥兒，何時才會飛出來？黎明之前，白鶴和烏龜滑倒了，在你背後的是——誰？」

白臉女人不知從哪裡架起了大面鏡子，一面反射另一面。唯有如此，她後腦的「姊姊」才能藉著鏡象看到白臉女人正在做什麼。

如同每個女孩都喜歡洋娃娃，這對恐怖姊妹也不例外。她們正把前岡的屍體當作娃娃般擺弄。

不只前岡受到如此對待，就連二十幾年前的神宮寺雅子也一樣。

在你背後的是

在你背後的是

在你背後的是

——誰？

後記．某種結束

寫這篇後記時小說還未完結；而我本人剛踏入三十歲十分鐘左右。

總之，柴田和森崎的故事會持續下去，但一年最多不會超過兩部。之所以這麼決定，是因爲有關單位（？）向我反應，森崎和柴田這系列的故事寫得太不親民了。另一方面我也不想讓羽衣大學變得跟米花市一樣成爲全日本最會死人的地方，好像所有不可能的事件都只會在羽衣大學發生。

至於柴田和森崎兩人的未來……嗯，只能說諸多險阻啊，而且這兩位也不是那種相信眞愛無敵的個性，更何況情敵這種東西在未來也只會愈來愈多吧（笑）。而九条警部和有馬特別調查官，當然還是會繼續出場的，在九条待產（？）期間，冰山帥哥，冷酷的有馬特別調查官就只好代妻執勤了。

這次的封面仍然是委託學富五車、心地善良、畫技高超（之所以沒有形容斑目大大的長相，是因為我沒見過她）的斑目大大執筆。即使是小細節也非常認眞，這是我最佩服斑目大大的地方了，在此仍要重述一次我的謝意。

鍾靈・於台北

二〇一一・一月

死者的學園祭
The Horror Festival

國家圖書館出版品預行編目資料

鬼校怪談：死者的學園祭／鍾靈著. ——初版. ——臺北市：
春天出版國際, 2011.02
面； 公分.——（鍾靈作品；04）
ISBN 978-986-6345-63-0（平裝）
857.7 100000040

鍾靈作品／04
鬼校怪談：死者的學園祭

作者 ◎ 鍾靈
總編輯 ◎ 莊宜勳
責任編輯 ◎ 黃郁潔
封面繪圖 ◎ 斑目
封面設計 ◎ 克里斯
行銷企劃 ◎ 胡弘一

發行人 ◎ 蘇彥誠
出版者 ◎ 春天出版國際文化有限公司
地 址 ◎ 台北市忠孝東路四段303號4樓之一
電 話 ◎ 02-2721-9302
傳 真 ◎ 02-2721-9674
E－mail ◎ frank.spring@msa.hinet.net
網址 ◎ http://www.bookspring.com.tw
部落格 ◎ http://blog.pixnet.net/bookspring
郵政帳號 ◎ 19705538
戶 名 ◎ 春天出版國際文化有限公司
法律顧問 ◎ 蕭顯忠律師事務所
出版日期 ◎ 二〇一一年二月初版一刷
定 價 ◎ 160元
總 經 銷 ◎ 楨德圖書事業有限公司
地 址 ◎ 台北縣新店市復興路45號3樓
電 話 ◎ 02-2219-2839
傳 真 ◎ 02-8667-2510
香港總代理 ◎ 一代匯集
地址 ◎ 九龍旺角塘尾道64號 龍駒企業大廈10 B&D室
電 話 ◎ 電 話◎852-2783-8102
傳 真 ◎ 傳 真◎852-2396-0050

排 版 ◎ 浩瀚電腦排版股份有限公司
印刷所 ◎ 鴻霖印刷傳媒事業有限公司

版權所有. 翻印必究
本書如有缺頁破損，敬請寄回更換，謝謝。
ISBN 978-986-6345-63-0
Printed in Taiwan

The Horror Festival

鍾靈作品

私の，限りなく残酷でいて，怖い手帖——

The Horror Festival

鍾靈作品

私の，限りなく残酷でいて，怖い手帖——